SARAH
LADIPO MANYIKA

WIE EIN MAULTIER, DAS DER SONNE EIS BRINGT

Roman

Aus dem Englischen
von Monika Baark

Hanser Berlin

Die englischsprachige Originalausgabe erschien 2016 unter dem Titel *Like a Mule Bringing Ice Cream to the Sun* bei Cassava Republic in Abuja und London.

1. Auflage 2019

ISBN 978-3-446- 26411-3

Umschlag: Anzinger und Rasp, München
Motiv: Porsche 911 © Dimiter Petrov/The Noun Project
Satz im Verlag
Druck und Bindung: CPI books, Leck
Printed in Germany

FSC
www.fsc.org
MIX
Papier aus verantwortungsvollen Quellen
FSC® C083411

WIE EIN MAULTIER, DAS DER SONNE EIS BRINGT

1

Das Haus, in dem ich wohne, ist steinalt. »Alt, aber stabil«, sagt unsere Vermieterin. Die Nummer 500 in der Belgrave Street ist anscheinend so solide gebaut, dass es dem Erdbeben von 1906 standgehalten hat. »Nicht mal ein einziger Riss«, so die Vermieterin. Aber unter uns gesagt, ich würde nicht darauf wetten, dass die Geschichte sich wiederholt. Das ist auch der Grund, warum ich im Obergeschoss wohne, denn wenn dieses Haus einstürzt, wird man zumindest nicht allzu tief nach mir graben müssen. Natürlich wünsche ich meinen Nachbarn nichts Böses, vor allem nicht dem Herrn unter mir. Was die miesepetrige Frau im Erdgeschoss angeht, die mich unbedingt Mary nennen muss, weil sie Morayo angeblich nicht aussprechen kann, nun, das ist etwas anderes. Aber selbst ihr wünsche ich nichts Böses. Ich stelle mir gern vor, wenn's dann richtig kracht, sind wir alle oben bei mir versammelt und trinken ein schönes Glas Wein, und wir sitzen die Sache aus und können noch unseren Enkeln davon erzählen. Aber wer weiß, wenn die Erde beschließt, dass sie genug gezappelt hat und sich endlich mal ordentlich strecken will, werde ich vielleicht gerade im Treppenhaus auf dem Weg nach unten sein; in dem Fall werden meine Bücher die einzigen Überlebenden sein – Hunderte davon –, um einander Gesellschaft zu leisten.

Unser Gebäude war mal ein Einfamilienhaus, aber jetzt ist es in vier separate Wohneinheiten unterteilt, und in einer davon lebe ich seit zwanzig Jahren. Für meine arme Vermieterin muss das ziemlich ärgerlich sein, denn in dieser Stadt des Mieterschutzes könnte sie von einem neuen Mieter viel mehr Geld nehmen als von mir. Nicht, dass die Wohnung besonders spektakulär wäre; sie besteht nur aus einem kleinen Schlafzimmer, Küche, Wohnzimmer und Bad. Doch in San Francisco kommt es auf den Ausblick an. Und mein Ausblick, oja, mein Ausblick ist *magnifique*.

Steht man an der Küchenspüle, sieht man die vielen bunten Häuser von Haight-Ashbury. Und jenseits dieser Häuser die Eukalyptus- und Pinienwälder, die sich auf der anderen Seite der Bucht erstrecken, wo das Wasser an klaren Tagen azurblau schimmert. Insofern habe ich keinerlei Absicht, auszuziehen, und die Vermieterin weiß bestimmt, dass sie das, was ihr an Miete durch die Lappen geht, dadurch wieder reinholt, dass sie einen zuverlässigen Menschen hat wie mich, der auf ihr Eigentum aufpasst. Denn ähnlich wie das Haus bin ich steinalt. Zumindest nach nigerianischen Maßstäben habe ich die Lebenserwartung für Frauen um fast zwei Jahrzehnte übertroffen. Und weil ich schon so lange in diesem Haus wohne, kenne ich alle, die ein und aus gehen, und zwar so gut, dass ich an einem Vormittag wie diesem die Schritte des Postboten höre, noch bevor er die zweite Etage erreicht hat. Li Wei hat die Angewohnheit, zwei Treppenstufen auf einmal zu nehmen, und wenn er oben ankommt, warte ich schon auf ihn. Normalerweise würde ich nicht im Morgenmantel an die Tür gehen, aber Li Wei ist kein Fremder. Außerdem ist das hier eine Stadt, wo Leute im Pyjama ihre Hunde ausführen und ihre Kinder zur Schule bringen. Also stehe ich hier in meinem seidenen magentaroten Morgenmantel, und meine nackten Zehen (mit Zehenringen) stoßen an das raue Sisal der Fußmatte.

»Hallo Dr. Morayo, ich habe ganz viel Post für Sie heute«, sagt Li Wei und reicht mir mit einer derart eleganten Geste einen kompakten Stapel, dass ich an einen Samurai denken muss, der vor seine Kaiserin tritt, die Hände ausgestreckt, den Kopf leicht geneigt. »Der Briefkasten war voll«, verkündet er und wirkt verdutzt, bis ich lächle, und dann lächelt er auch, weil wir beide wissen, dass mein voller Briefkasten keine Überraschung ist. In letzter Zeit lasse ich ihn immer voll werden, weil ich gern Besuch von Li Wei bekomme. Wir genießen unser kurzes Geplauder, bis er wieder an die

Arbeit muss, seine Uniformmütze antippt und mir einen schönen Tag wünscht. Sobald er weg ist, verbringe ich aus Achtung vor seiner Freundlichkeit immer ein paar Minuten damit, die Wurfsendungen zum Wahlkampf und die Schreiben von Amnesty International und dem Sierra Club durchzusehen. Wenn hin und wieder eine bunte Ansichtskarte oder ein handschriftlich adressierter Umschlag aus dem Stapel fällt, freue ich mich und denke, vielleicht hat mir ein Bekannter geschrieben, auch wenn ich weiß, dass es sich meistens doch nur um eine hübschere Form von Werbung handelt. Wo sind sie nur geblieben, die vielen Freunde, die früher immer Briefe und Postkarten geschickt haben? Heutzutage schreiben die Leute nur noch E-Mails oder lassen gar nichts von sich hören. Und dann sind natürlich viele Freunde tot. Halbherzig blättere ich in der Granta und der CAR herum, dann mache ich mir eine Tasse Tee, in den ich einen Ingwerkeks tunke. Ja, ich weiß, ich schinde nur Zeit, und wenn ich nicht aufpasse, komme ich mit der Zahlung einiger Rechnungen in Verzug. Sie lassen einem kaum Zeit zum Bezahlen, aber ich zerbreche mir deswegen nicht den Kopf. Früher einmal, da war ich gewissenhaft, außerordentlich gewissenhaft sogar, aber das Leben ist zu kurz, um sich von solchen Lappalien verrückt machen zu lassen. Das rede ich mir zumindest ein, bis meine Gewissenhaftigkeit wieder zum Vorschein kommt und ich mich erneut meiner Post zuwende.

Heute habe ich Post vom Straßenverkehrsamt, mitsamt Formularen. Ich werfe einen Blick darauf, mache im Geiste meine Kreuze: Nein, nein und nein bei der Frage nach hohem Blutdruck, Herzinfarkten, Diabetes. Ich vermute, es handelt sich um eine Formalie. Aber halt: Mein Geburtstag steht vor der Tür, vielleicht ist das der Grund. Warum muss, sobald man »ein gewisses Alter« erreicht hat, jeder Hinweis auf einen Geburtstag etwas leicht Düsteres haben? Wieder werfe ich einen Blick auf den Brief und stelle fest, dass die Rückantwort letzte Woche fällig gewesen wäre. Wie ärgerlich. Besser gleich anrufen. Ich wähle die Nummer und klemme mir das Telefon zwischen Ohr und Schulter, während ich meine Cornrows aufdrösele, die ich mir manchmal flechte, damit meine Haare nicht zerzausen. Es macht mir nichts aus, zu warten, doch eine Stimme auf Band gibt mir die Option, mich zurückrufen zu lassen, ohne meinen Platz in der Warteschlange zu verlieren. Sehr zivilisiert. Ich hinterlasse Namen und Telefonnummer, löse nun mit freien Händen mein letztes Zöpfchen und überlege, was ich heute anziehen soll.

In meinem Kleiderschrank liegt ein Stapel bunter Stoffe. Manche habe ich mir selbst gekauft, andere sind

Geschenke von Freunden gewesen. Inzwischen macht es mir viel mehr Spaß als früher, afrikanische Trachten zu tragen, vor allem an sonnigen Tagen. Ich suche mir einen neuen Ankara-Stoff in leuchtendem Rosa und Blau aus und halte ihn mir an die Nase. Beim Auseinanderfalten stelle ich mit Entzücken fest, dass der Geruch der Märkte von Lagos noch in der Baumwolle hängt – Dieselabgase, heißes Palmöl, brennende Holzöfen. Der Geruch beschwört die Extravaganz und Verrücktheit der Megastadt herauf, in der ich zwischen zwei Auslandsposten meines Diplomatengatten gelebt habe. Es war ein Ort der Partys und Verkehrsstaus, die Heimatstadt meines Mannes und seiner Familie; meiner vielen Neffen, Nichten und Patenkinder. Oft habe ich mit dem Gedanken gespielt, nach Lagos zurückzugehen, und manchmal träume ich sogar, ich wäre schon hingezogen in diese große verrückte Stadt, wo mich alle »Auntie« oder »Mama« nennen; das Land der ewigen Sonne und des täglichen Theaters. Ich denke an die Cousinen und Cousins und frage mich, wie es wohl wäre, wieder den Kontakt mit ihnen aufzunehmen, in ihrer Nähe zu leben. Ich habe sogar darüber nachgedacht, in Caesars Gegend zu ziehen, nicht weil er mir fehlt, sondern weil wir gemeinsame Erinnerungen an Menschen und Orte haben, an die sich inzwischen nur noch wenige andere erinnern. Aber selbst während ich mich dabei ertappe, im Internet nach Wohnungen in Ikoyi zu suchen, weiß ich, dass ich mich in einer so überfüllten Stadt nicht wohlfühlen würde. Ich erinnere mich an die überfluteten Straßen während der Regenzeit. Ich erinnere mich an die Stromausfälle und den chaotischen Verkehr, und ich erinnere mich daran, wie wenige Buchläden es gibt, wie wenig Cafés und Museen. Im Grunde meines Herzens weiß ich, dass mein Wunsch nach Rückkehr mehr mit Nostalgie zu tun hat als mit echter Sehnsucht. Die Zeiten sind vorbei, wo ich die Alltagsstrapazen von Lagos einfach wegstecken konnte. So oder so ist es Jos, die Stadt meiner Kindheit, in die ich am liebsten zurückkehren würde. Aber das ist noch unwahrscheinlicher. Jos war einmal ein Ort der Ruhe, mit kühlem Hochlandwetter, und nicht die angespannte Stadt, die sie heute ist, wo man ständig Angst haben muss, dass irgendwo Gewalt ausbricht. Und jetzt, wo meine Eltern nicht mehr leben und Schulfreunde weggezogen oder tot sind, bleiben eigentlich nur noch die Erinnerungen.

Ich seufze, lege den Stoff beiseite und entscheide mich für einen anderen – dieser ist goldgrün und duftet nach Biowaschmittel mit Lavendelduft. Ich wickle mir den Stoff um die Taille, die Beine hüftbreit auseinander, um mir genügend Bewegungsfreiheit zu lassen, umwickle mich ein zweites Mal und stecke den Stoff seitlich fest. Als Kontrast wähle ich ein gelbes Tuch für die Haare, werfe einen Blick in den Badezimmerspiegel und rücke meinen Afro zurecht. Zufrieden trage ich mit dem Finger rosa Lipgloss auf und tupfe die Lippen mit einem Papiertaschentuch ab. Runter mit der Brille, zweimal kurz mit einer eigens für diesen Zweck angeschafften Babybürste die Augenbrauen Richtung Schläfen gebürstet. Ich erinnere mich irgendwo gelesen zu haben, dass das den Blick auf die Augen lenkt. Augen, sagte der Apostel Matthäus, sind die Lampe des Leibes. Und weil ich außerdem neulich gelesen habe, dass die Augen das sind, was beim Menschen niemals altert, kann's nicht schaden. Ich nehme meine beschmierte Brille ab und säubere sie mit warmer Seifenlauge, wobei ich sie am Rahmen festhalte, wie ich es als Kind gelernt habe.

Ich kann mich nicht erinnern, seit wann ich eine Brille trage – gefühlt mein ganzes Leben; aber woran ich mich erinnere, ist das Kano Eye Hospital und die Fahrt dorthin von Jos, die lang und holprig war und über unbefestigte Straßen führte. Der Termin, der immer am folgenden Tag war, dauerte ebenfalls von morgens bis abends – vom Warten auf den Holzbänken draußen im Freien bis hin zur eigentlichen Untersuchung auf dem großen Stuhl des Augenarztes. Der Doktor ließ sich Zeit, um in den Schubladen zu kramen, die mit silbern gerahmten Linsen gefüllt waren, aufgereiht wie Kekse in einer Dose. Ich stellte mir vor, wie er zwischen Butterkeksen und Ingwerkeksen wählen musste, bevor er die hauchdünne Linse in das schwere stählerne Gerät auf meiner Nase schob. »Besser oder schlechter?«, fragte er immer, und manchmal war es besser, manchmal schlechter. Doch immer roch sein Atem süßlich nach Mango, was mich schließlich überzeugte, dass er arm war. Mangos gab es in Nigeria umsonst – jeder konnte sie von den Bäumen pflücken, so viele waren es, dass mein Vater während der Mangosaison einen Pflücker bezahlte, um die Früchte nicht auf der Erde verfaulen zu lassen. Auch habe ich mich immer gefragt, ob der Doktor an Diabetes litt. War süßlicher Atem nicht ein Anzeichen dafür? Aber vielleicht aß der Mann ja einfach nur gerne Mangos. Und als es dann so weit war und er mir mit seinem grellen gelben Licht in die Augen leuchtete, war es mir immer unmöglich, zu tun, was er sagte. Anstatt auf seinen mit Sommersprossen übersäten Nasenrücken zu starren, zog ich es vor, in meine eigenen Augen zu sehen, die sich in seinen spiegelten und wunderschön glänzten wie Weingummis mit Erdbeergeschmack. Es war mir ein Rätsel, wie meine Nahsicht so perfekt, meine Fernsicht dagegen so schlecht sein konnte. Dann klingelt das Telefon.

»Wie kann ich Ihnen helfen?«, antworte ich und lächle, weil mir die Stimme am anderen Ende der Leitung bekannt vorkommt. »Sunil?« Ich versuche den Namen einzuordnen.

»Ja, Ma'am, hier ist das Kraftfahrzeugamt, Sie hatten um einen Rückruf gebeten.«

»Das Kraftfahrzeugamt«, wiederhole ich. »Das Kraftfahrzeugamt, sagten Sie? Ach ja … natürlich.« Ich erinnere mich wieder, habe aber die schlaue Ausrede vergessen, die ich mir zurechtgelegt hatte. Jetzt muss ich wohl einfach um Aufschub bitten.

»Geben Sie mir bitte einen Moment, Ma'am«, erwidert der Mann, »das müsste ich eben mit meinem Vorgesetzten abklären. Können Sie einen Moment in der Leitung bleiben?«

»Natürlich«, sage ich mit einem Lächeln und stelle mir den jungen Mann vor, der irgendwo in Indien in einem Callcenter neben seiner Blechdose mit Aloo Paratha und eingelegten Gurken sitzt. Und während ich dem dezenten Jazz lausche, der an seine Stelle tritt, spiele ich in Gedanken das Gespräch durch, das wir führen werden, sobald er wieder da ist. Wie überrascht er sein wird, wenn ich ihm erzähle, dass ich mal in seinem Land gelebt habe, und wenn ich ihm erzähle, wie sehr mir meine Freunde auf den Gewürzmärkten fehlen. Ich werde ihm erzählen, dass ich immer noch

Kardamom und Kreuzkümmel im Schrank habe, zum Andenken an damals. Ich könnte ihm sogar sagen, wo ich die Zehenringe gekauft habe, oder meine seidenen Vorhänge, auch die stammen aus Bombay. Mumbai. Und habe ich nicht erst vor wenigen Minuten noch beim Wickeln meines Kleides gedacht, wie einfach dieses Wickeln doch ist im Vergleich zum Sari mit seiner komplizierten Falttechnik. Den Sari habe ich nie kapiert.

»Ma'am?«

»Ja.«

»Ja, geht in Ordnung, Ma'am, ich kann die Frist um eine Woche verlängern.«

»Fabelhaft! Danke schön«, sage ich erleichtert. »Sagen Sie mir, Sir, von wo aus rufen Sie an? Ist es schön sonnig bei Ihnen?«

»Ma'am, ich rufe aus Sacramento an, Ma'am. Ja, Ma'am, das Wetter ist ziemlich schön, kann man sagen.«

»Ach so«, sage ich ernüchtert. Sacramento war eine so enttäuschende Hauptstadt. Völlig charakterlos. Keine Hügel oder Berge; flach wie ein Teller. Jammerschade, dass er nicht aus Indien anrief. Wo ich drauf und dran war, ein paar Abschiedsfloskeln auf Hindi mit ihm auszutauschen. Gott sei Dank habe ich mich nicht zum Narren gemacht. Dennoch, seine Stimme kommt mir bekannt vor. Ich frage mich, ob er ein ehemaliger Student von mir ist? Meine Studenten fehlen mir. Aber wenn ja, warum erkennt er mich dann nicht wieder, an meinem Namen oder an meiner Stimme?«

»Okay, Ma'am«, sagt er, »nur nochmal zur Bestätigung, jetzt hat Ihr Arzt bis zum zwölften Zeit.«

»Mein Arzt?«

»Für den Gesundheitscheck, Ma'am.«

»Den Gesundheitscheck?« Wieder werfe ich einen Blick auf den Brief: Die angehängten Formulare müssen von einem Arzt ausgefüllt werden. Ich blättere sie durch und sehe, dass neben dem Gesundheitscheck und einem psychologischen Gutachten auch ein Sehtest verlangt wird. »Sagen Sie, wie war nochmal Ihr Name? Sanjay? Ist das so üblich, dass das Kraftfahrzeugamt solche Briefe verschickt?«

»Sunil, eigentlich.«

Ich höre eine Spur von Ungeduld heraus, aber welchen Grund hat er denn, genervt zu sein?

»Eigentlich haben wir gar nichts damit zu tun, Ma'am«, fährt er fort. »Das heißt, also, was ich meine, ist, es kommt von der Hauptverwaltung. Also, soweit ich weiß, wird so was gemacht, wenn Sie jemandem, ich sag mal, durch unachtsames oder rücksichtsloses Fahrverhalten aufgefallen sind.«

»Unachtsames Fahrverhalten!«, wiederhole ich,

denn seine Syntax ist es, die die Bezeichnung ›unachtsam‹ verdient und nicht mein Fahrstil. »Na ja, kann schon sein, dass ich manchmal etwas zu weit vom Bordstein parke und vielleicht hin und wieder zu dicht am Bordstein, aber das sind doch wohl lässliche Sünden?« Ich zögere, warte auf sein Lachen, und als nichts kommt, spreche ich unerschrocken weiter. »Kann sein, dass ich mein Auto ein-, zweimal beim Anfahren am Berg abgewürgt habe, aber ist so etwas hier in San Francisco nicht gang und gäbe? Mein Wagen hat Schaltgetriebe. Es ist ein altes Auto mit Schaltgetriebe. Es ist ein Sammlerstück, genau genommen.« Aber inzwischen bin ich zu dem Schluss gekommen, dass er wahrscheinlich keine Ahnung hat, was ein 911 ist, von einem 993 ganz zu schweigen. Wahrscheinlich gehört er zu den Leuten, die von einem Lexus mit goldenen Felgen träumen.

»Gut, Ma'am, kann ich sonst noch etwas für Sie tun?«

»Nein, mein Lieber«, murmele ich. »Nein.« Jetzt ärgere ich mich, dass mir dieses Kosewort herausgerutscht ist, eine Eigenart, die ich mir niemals hatte angewöhnen wollen. Bei einer Freundin habe ich gemerkt, wie alt es sie macht, viel älter als die paar silbernen Strähnen und die Krampfadern, die sie so gern beklagte. Wer einen jungen Mann »mein Lieber«

oder »junger Mann« nannte, hörte sich alt an, aber siehe da, nun hatte ich es selbst gesagt, einfach so. »*Chouchouter*«, flüstere ich, weil mir kein passendes englisches Wort einfällt. Als ich das gleichmäßige Summen in der Leitung höre, geht mir mit Verspätung auf, dass mein kleiner süßer Amerikaner aufgelegt hat. »Arschloch!«, rufe ich und wundere mich selbst über das, was da aus meinem Mund kommt. Längst nicht so schlimm wie mein Gesäusel von vorhin, aber dennoch, mein Vater wäre entsetzt gewesen. Entschuldigend wedle ich mit dem Brief gen Himmel, bevor ich ihn zusammenfalte und zurück auf meinen Schreibtisch lege.

»Ich bin nicht unachtsam«, sage ich leise zu meinen Freunden im Regal. »Wer auch immer so gemein war, mich den Behörden zu melden, der sollte sich schämen.«

Mein neuer Augenarzt sagt, er könne nichts tun, um die allmähliche Verschlechterung meiner Augen aufzuhalten; und da ich meinen letzten Sehtest bestanden habe, ohne dass jemand mitbekommen hat, wie ich die Augen zusammengekniffen und mich nach vorn gebeugt habe, um die Buchstabenreihen zu lesen, hatte ich angenommen, dass alles gut sei. Ich war davon ausgegangen, noch mindestens fünf Jahre Auto fahren zu können. »Mindestens«, sage ich mit fester Stimme zu mir selbst und beschließe, mich später mit dem Brief auseinanderzusetzen und erst mal meinen Spaziergang zu machen, bevor der Nebel kommt. Hat ja keinen Sinn, mir deswegen ins Hemd zu machen. Ich schnappe mir meinen Schlüsselbund, ziehe die Wohnungstür zu und laufe nach unten in die Lobby. Draußen werfe ich einen zerknirschten Blick auf Buttercup, meinen geliebten alten Porsche, der zugegeben einen Tick mehr als 45 Zentimeter vom Bordstein entfernt steht. Aber ach, was soll's!

2

Dawud ist es peinlich, dass ihm der Name der Frau nicht einfällt, vor allem, wo sie sich an seinen erinnert und sogar ein bisschen seine Sprache spricht, also reicht er ihr eine Blume.

»*As-saalam alaikum.* Eine schöne Blume für eine schöne Frau«, sagt er und rechnet damit, dass die Freude über seine Worte groß sein wird.

»*Bellissimo*!«, sagt sie lächelnd und steckt sich die Blume kokett hinters Ohr.

Er lacht in sich hinein und denkt, dass sie irgendwann mal atemberaubend schön gewesen sein muss – eine so hochgewachsene Frau mit einem knackigen Hintern, noch heute. Wahrscheinlich hatte sie sogar mal richtig Stil, wobei sie jetzt, in ihrem Alter, mit den Bonbonfarben und dem Bleistift und der Blume im Haar eher schrullig wirkt. Und wenn sie tatsächlich mal was kaufte, was nicht oft geschah, weil sie zu den Leuten gehörte, die lieber in den Bioladen ein paar Häuser weiter gingen, waren es immer die billigsten Blumen oder ein kleines Päckchen Aprikosen. Und das hatte er noch nie verstanden, denn wenn sie den teuren Kram da unten aus dem Laden kaufen konnte, warum dann nicht auch seine teuren Blumen? Amirah sagte, die Frau sei einfach nur exzentrisch, aber das ist die ewige Freundlichkeit seiner Schwester. Noch nie hatte Amirah ein böses Wort über jemanden verloren, deswegen musste ja auch er den Familienbetrieb führen, und das war kein Spaß, wo der Laden so nah an Haight-Ashbury war mit seinen Hippies und Kiffern und Faulenzern.

»Hey«, ruft er einer Frau zu, die gerade reinkommt. »Kann ich Ihnen helfen?« Es ist weniger eine Frage als eine Warnung, denn im Fitnessstudio weiter unten in der Straße hieß es, ein asiatisches Pärchen würde hier die Runde machen und Handys klauen – einer lenkt ab, der andere bedient sich. »Eins neunundsiebzig«, sagt er und gibt den Preis für die Schokolade ein – ein Auge auf der Ladenkasse, ein Auge auf der potentiellen Diebin.

Die Frau nimmt das Wechselgeld entgegen und steckt es komplett in seine Spendenbox für palästinensische Waisenkinder.

»Danke sehr«, sagte er lächelnd. Okay, falsch eingeschätzt. Aber wahrscheinlich hat sie nur deshalb nichts gestohlen, weil sie gesehen hat, dass er aufpasst. Wahrscheinlich dachte sie, $ 3,21 wären eine gute Investition, wenn er beim nächsten Mal unaufmerksam wäre. Aber so blöd ist er nicht. Ein Mann aus Jaffa, der entwurzelt wurde und mit seiner Familie zu Fuß durch die Wüste gehen musste, wird wohl kaum ein Naivling sein. Nein. Einem Mann wie ihm kann man nichts vormachen. Er hat Menschenkenntnis, und das ist auch der Grund, warum seine Schwester zuhören sollte, wenn er sagt, eine Falafel-Imbisskette, das wär's. Er weiß solche Dinge. Er hat ein Gespür dafür. Sie könnten es hier in San Francisco richtig zu was bringen, genau wie die französischen Lokale in Russian Hill, die mexikanischen Lokale im Mission District oder die Italiener überall auf der Welt. Warum nicht palästinensisch? Sie könnten den Laden Jaffa nennen oder Falafel-Meister oder was immer Amirah gut fände. Es wäre billig, gut, gesund, sogar bio. Fettarm, vegan, Rohkost, Paleo, was immer die Leute wollten, sie könnten es anbieten – billig, einfach, frisch. Und wenn sie's erst mal in San Francisco geschafft hätten, käme Oakland dran, und dann ab nach LA und dann nach New York. Die Welt stünde ihnen offen! Aber was wollte Amirah? Wer zum Teufel sollte in dieser Gegend Torten kaufen? Teure Torten, vergiss es. Billige Torten, vielleicht. Aber teure Torten, nie im Leben. Warum? Weil die Frauen in diesem Land ständig auf Diät waren, und echte Männer, wie echte Männer überall, aßen keine Torten. Falafel, ja, aber keine Torten. Vielleicht Geburtstagstorten für Kinder. Aber selbst dann, überleg doch mal, Amirah. Ein Kind würde eine Eisenbahntorte verlangen, das nächste die Clownstorte, und wieder eins schreit nach einer Torte in Ballerinaform. Und wer soll solche Torten backen? Amirah jedenfalls nicht. Sie wollte das Edelgebäck mit Honig und Pistazien, so wie zu Hause, aber das Problem war, die Amerikaner hatten für dieses Gebäck nichts übrig. Zu viele Nüsse. Vergiss die Nüsse, ermahnt er sie ständig. Selbst wenn es die Heimat der Erdnussbutter war. Die Amerikaner hatten ein Problem mit Nüssen, und Gott bewahre, wenn es sich eines Tages irgendein Kind in den Kopf setzte, eine allergische Reaktion auf eine von Amirahs Torten zu haben, was dann? Dann wäre der Laden ruiniert, ganz einfach. Er schüttelt den Kopf und wendet sich seufzend wieder dem Eimer Blumen zu, vor dem die Afrikanerin noch immer steht.

»Für Sie, meine Liebe«, sagt er und reicht ihr eine zweite Schnittblume.

Als ich Dawuds Blume an die Nase hielt, roch sie penetrant nach seinem Rasierwasser, und das war es, was mich wieder an Walid denken ließ. In den frühen 1950ern, bevor ich auf ein englisches Internat geschickt wurde, wohnten wir neben einer libanesischen Familie. Keines der Kinder aus dieser Familie ging bei meinem Vater in die Kirche, aber einige waren in der Bibelgruppe, auch Walid. Er hatte leuchtend grüne Augen, genau wie Dawud, und immer wenn er an der Reihe war, die morgendliche Andacht anzuleiten, tat er es mit Inbrunst, und immer las er aus dem Hohelied Salomos. Also verliebte ich mich natürlich, und weil Walid praktischerweise nebenan wohnte, konnte ich mich nach der Schule mit ihm treffen, ohne dass meine Eltern etwas davon mitbekamen. Einmal begleitete ich ihn in das sogenannte Männerzimmer seines Hauses, wo niedrige Sofas standen und schwere Teppiche an den Wänden hingen. Die älteren Männer beäugten uns durch ihren Zigarettenqualm. Bestimmt fragten sie sich, so wie ich mich später fragte, wie ein junges afrikanisches Mädchen, das irgendwie mit einem ihrer jüngsten pubertierenden Söhne befreundet war, dort einfach in ihrer Mitte auftauchen konnte, um dem Singsang ihrer arabischen Sprache zu lauschen und genussvoll das Gemisch aus süßlichem Kölnischwasser und Tabak einzuatmen. Oder es scherte sie überhaupt nicht. Vielleicht nahmen sie es hin, dass einer der Ihren sich bei einem schwarzen Mädchen die Hörner abstoßen würde. Wie auch immer, was Dawud anbelangt, sollte ihm eigentlich klar sein, dass er bei all seinen Schmeicheleien und seinem angenehmen Duft schon ein bisschen mehr auffahren muss als ein paar schlaffe

Fliederzweige. Auch wenn ich weiß, dass er mich eigentlich gar nicht beeindrucken will. Er glaubt einfach nur, er sei charmant zu einer alten Dame. Aber ach, der hätte mich mal in jungen Jahren sehen sollen – selbst in mittleren Jahren noch! Damals hätte er sich gehörig anstrengen müssen.

»Ich erinnere Sie an jemanden? Wirklich?« Dawud lächelt. Er mag Nigerianer, mit drei Männern aus Nigeria spielt er jeden Sonntagnachmittag in Oakland Fußball, doch Morayo ist schon weitergegangen. »Ich habe bald Geburtstag«, hört er sie zu seiner Schwester sagen, er bekommt es mit halbem Ohr mit, worauf er die Augen verdreht, denn er könnte schwören, dass diese Frau alle halbe Jahre Geburtstag hat.

»Sagen Sie mir einfach, was Sie brauchen«, hört er Amirahs Stimme. »Ich backe Ihnen eine Torte. Was immer Sie brauchen, ja?«

»Was immer Sie brauchen«, murmelt Dawud und schüttelt den Kopf angesichts der Blauäugigkeit seiner Schwester. Er seufzt, er sieht das Geburtstagskind zu dem Eimer mit den kurzstieligen Tulpen zurückgehen, die heute nicht seine billigsten Blumen sind, aber auch nicht die teuersten. Die Frau beugt sich vor, als wollte sie daran schnuppern, aber er kennt sie gut genug, um zu ahnen, was sie da eigentlich macht. Sie inspiziert, sie sucht nach dem besten Preis-Leistungs-Verhältnis.

Dann aber überrascht sie ihn, indem sie gleich zwei Bund nimmt – einmal lila, einmal rosa. Sie schüttelt das Wasser ab, trägt sie zu Amirah und zahlt.

»Die sind bio!«, ruft er ihr nach und zwinkert ihr zu, als sie seinen Blick erwidert.

»*Shukran!*«, ruft sie zurück.

3

Ich gehe weiter die Stanyan Street entlang und denke kurz über Dawuds Worte nach. Seine joviale Art kann mich nicht täuschen, ich weiß, er hat es im Leben nicht leicht gehabt. Seine Frau hat sich scheiden lassen, er hat Rückenprobleme, und von Amirah weiß ich, dass es etwas Politisches war, weswegen die Mutter ihn aus Ramallah weggeschickt hatte. Ich stelle ihn mir als wütenden Teenager vor, der Steine auf israelische Soldaten wirft; aber nichts Ernsteres als das, denn wie hätte er sonst in Amerika Asyl bekommen sollen?

»Ihr Outfit ist ein Traum«, sagt ein Wildfremder und reißt mich aus meinen Gedanken.

»Oh, danke, ebenfalls«, sage ich lächelnd und nehme die sorgsam manikürten und lindgrün lackierten Fingernägel des Mannes zur Kenntnis. Ich genieße diese Art von Aufmerksamkeit von den Herren aus San Francisco. Es gehört zu den Dingen, die ich an dieser Stadt liebe. Und wegen dieser Männer, die sich sexuell nicht zu Frauen hingezogen fühlen, kommt mir diese Stadt sanftmütiger vor als die meisten anderen. Hinzu kommt, dass hier in San Francisco sowohl Männer als auch Frauen meinen Stil zu bewundern scheinen. Wäre ich wieder in London oder in bestimmten Ecken von New York, wo man häufig Frauen in Buba und Gele sieht, würde sich kein Mensch nach mir umdrehen, zumindest nicht in meinem Alter. Und in Nigeria, wo so viele sich kleiden wie ich, würde ich auch keine Blicke auf mich ziehen. Insofern schätze ich diese Stadt mit ihrer leuchtenden Morgensonne und dem herrlich blauen Himmel. Ich liebe es, wie nachmittags der Nebel aufkommt und über den Sutro Forest zieht, um meinen Stadtteil in sanften weißen Dunst zu hüllen. Aber vor allem sind es die Menschen in San Francisco, häufig etwas schräg, aber immer freundlich, die mir das Gefühl geben, hier zu Hause zu sein. Und dann höre ich ein Auto, das genauso dröhnt wie meines. Apropos. Was zum Teufel soll ich machen, wenn ich den Sehtest nicht bestehe? Nicht zum ersten Mal mache ich mir diese Sorgen, aber früher habe ich mich immer wieder ablenken können. Ich biege links in die Parnassus und setze mich kurz an die Bushaltestelle, um zu verschnaufen. Ich hocke mich auf den Rand eines roten Plastikstuhls, drücke die Tulpen fest an meine Brust und gehe die Möglichkeiten durch – ich kann mit den Öffentlichen fahren oder einen Chauffeur anheuern. Gibt es wirklich nur diese beiden Optionen? Die öffentlichen Verkehrsmittel sind hier nicht so praktisch wie in London. Ich habe schon Fahrer gehabt, aber unter anderen Umständen, in einem anderen Land. In San Francisco wäre ein Fahrer teuer. Und außerdem will ich unabhängig bleiben – ich will losfahren können, wann immer ich Lust dazu habe. Es geht nicht nur darum, von A nach B zu kommen, es geht um die Freiheit, tun und lassen zu können, was ich will.

Ich muss mehrere Blocks gelaufen sein, bevor ich den obdachlosen Mann vor mir bemerke. Beim Anblick seiner deprimierten Haltung komme ich mir egoistisch vor, dass ich mir so viel Gedanken um das Kraftfahrzeugamt gemacht habe. Ich falle einen Schritt zurück und beobachte den Hund des Mannes, der mit schleifender Leine hinter ihm hertrottet. Ich muss an einen Sommer in Lagos denken, als ein amerikanischer Priester mit einem Kreuz auf dem Rücken durch die Gegend lief. Ich hatte gerade herausgefunden, dass Caesar eine zweite Frau hatte. Ich war so getroffen, dass ich mit dem Gedanken spielte, ihn noch am selben Tag zu verlassen, mein eigenes Kreuz auf mich zu laden und dem Prediger zu folgen. Jetzt starre ich von hinten auf die Beine des Mannes in seinen verdreckten und zerfetzten Jeans.

An seinem Rucksack hängt ein Wirrwarr aus Riemen und Anhängern, die wütend im Wind flattern, und als der junge Hund stehenbleibt und sich hinhockt, überhole ich die beiden diskret und mit gebührendem Abstand, falls der Mann Läuse hat oder plötzlich losschimpft. Ich rechne damit, dass er stinkt, was aber nicht der Fall ist, und beim Blick über die Schulter sehe ich, dass er eine sie ist und viel zu jung, um so schwer zu schleppen. 17 oder 18, den schlanken Armen des Mädchens nach zu urteilen; nur dass ich unsicher werde, als ich erneut innehalte und hinsehe und die stählernen blauen Augen eines Tigers erblicke. Sie könnte auch in ihren Dreißigern sein, vielleicht sogar in den Vierzigern. Ich beobachte, wie die Frau vor einem nahe gelegenen Mülleimer stehenbleibt, rasch ein Stück Zeitung herauszieht und ein Blatt abreißt, um an die Stelle zurückzugehen, wo der junge Hund sich gerade erleichtert hat. Sie nimmt die dampfenden schwarzen Kügelchen auf und wirft sie in den Mülleimer. »Na komm, Blödmann«, murmelt sie dem Hund zu.

»Alles okay, Liebes?«, frage ich.

»Klar«, sagt sie, dann biegt sie in die Fredrick Street und brüllt: »Du Wichser!« Gemeint ist ein junger Mann mit einem Skateboard in der Hand, der gerade aufgetaucht ist. Ein Schwall von Beleidigungen regnet auf den armen Kerl herab, weil er sie offenbar sitzengelassen hat mit dem Hund und dem Rucksack. Erschrocken, dann aber belustigt und mit dem Wunsch, ich hätte früher mehr vom Temperament dieser Frau gehabt, sage ich zu dem Mann im Auto, der am Zebrastreifen für mich gehalten hat: »Haben Sie die Frau da gerade gehört? Harter Knochen, was?« Worauf mich der Fahrer nur weiterwinkt, aber da sehe ich nach oben und entdecke den blauweiß gesprenkelten Stracciatellahimmel. »Seht die Vögel unter dem Himmel an«, pflegte mein Vater immer zu sagen, »sie säen nicht, sie ernten nicht, sie sammeln nicht in die Scheunen; und euer himmlischer Vater ernährt sie doch.« Warum mir also wegen eines Führerscheins den Kopf zerbrechen?

»Jetzt gehen Sie schon, verflucht nochmal!«, brüllt der Mann im Auto.

Meine Lieblingsbäckerei ist die auf der Cole Street, wegen des Walnussbrotes und der Rosinenbrötchen, die nicht zu klebrig und nicht zu süß sind und fast so gut wie die, die wir in Frankreich immer gekauft haben, als wir im 15. Arrondissement in der *rue de* wie-hießsie-noch-gleich wohnten. Aber es ist nicht nur das gute Brot: Es ist auch die Möglichkeit, mit Freunden zu plaudern. Hier zum Beispiel treffe ich Alonzo und Mike, die vor dem Feuerhydranten parken, wo Parken eigentlich verboten ist. Sie kommen in den Laden geschlendert, die Hände in die Hüften gestemmt, mit Schlagstock, Handschellen und Pistolenhalfter, genau wie im Film. Sie stecken ihre knisternden Radiogeräte in ihre Brusttasche und plaudern dabei mit den Leuten im Café. Ich sage immer Alonzo und Mike, weil die beiden ein Team sind, aber es ist Mike, zu dem ich das engere Verhältnis habe. Er schreibt gerade einen Roman, wissen Sie, also reden wir über Bücher: Wenn er mit dem ersten Durchgang fertig ist, habe ich ihm versprochen, den Text zu lesen und ihm Feedback zu geben. Vor Jahren hat er mir mal geholfen, um einen Strafzettel wegen eines vermeintlichen Verkehrsdelikts herumzukommen. Gott segne ihn.

Es war am Monatsende, in der Zeit also, falls Sie San Francisco kennen, wo die Stadt auf die Pirsch geht, um noch etwas Geld in die Kassen zu spülen. Das würde erklären, warum der Polizist, der mich angehalten hat, hinter der Kurve auf der Lauer lag. Ich dachte, ich *hätte* an der Kreuzung vor dem Stoppschild gehalten, aber ich wollte nicht mit ihm diskutieren. Er fragte mich mehrmals, ob ich die Besitzerin eines so teuren Wagens sei. Ich war ganz schön verängstigt, also saß ich ruhig da, während er den Strafzettel ausstellte. Wenige Tage später sah ich Mike und erzählte ihm davon. »Ich kümmere mich drum«, bot er mir an. Und er kümmerte sich wirklich darum. Erst war es für mich ein Triumph. Es war wie damals in Nigeria, wo ich mit Beziehungen das System unterlaufen konnte. Mikes Eltern kamen aus Italien, und ich habe immer schon gedacht, es gibt einiges, was die Italiener mit den Nigerianern verbindet. Nicht, dass ich Korruption befürworten würde, aber in diesem Fall, wo ich wusste, dass ich nichts falsch gemacht hatte, fühlte ich mich berechtigt. Doch als ich im Monat darauf vor Gericht erschien, um mir sagen zu lassen, dass mein Verfahren eingestellt worden sei, schämte ich mich, anstatt mich zu freuen. Es waren so viele junge schwarze Männer dort – und ein paar davon überschlugen sich fast vor Freundlichkeit und halfen mir die Treppe hinauf. Sie ließen mich sogar in der Schlange vorgehen, um meine Unterlagen abzuholen. Sie behandelten mich wie ihre Mutter oder Großmutter, dabei hatte ich das gar nicht verdient. Ich hatte Beziehungen. Ich hatte Vitamin B, um mich hier rauszuholen, sie dagegen hatten weder die Mittel noch die Beziehungen, sich vor einer Geldstrafe zu drücken. Viele von ihnen, das sah ich, steckten schon viel zu tief drin im System und würden sich niemals daraus befreien können.

Mike ist heute nicht da, aber dieser weiße Kerl, der immer einen Turban und silberne Armreifen trägt und einen seiner blöden Vögel auf der Schulter hat. Tut mir leid, aber das müssen Sie mir nachsehen. Als anständige Nigerianerin kann ich so etwas nicht gutheißen. Wenn Selvons Sir Galahad das wüsste, ich wette, er würde diese Vögel zum Abendessen verspeisen.

Schlimm genug, dass die Stadttauben nach Lust und Laune ins Café watscheln dürfen und die Vogelfreunde sie nicht wieder aus der Tür scheuchen, nicht mal, wenn sie Nachschlag verlangen, die gierigen Viecher, kopfnickend und aufgeplustert wie kleine Hip-Hopper. Als würde das nicht reichen. Aber diese Sache, dass man Vögel auf dem Arm oder auf der Schulter mit in ein Restaurant bringt, nein, da hört's bei mir auf. Und bei jedem Nigerianer. Und bestimmt auch bei jedem Italiener.

Ich hatte in der Bäckerei vorbeigeschaut, um mit meiner neuen Freundin, der Kassiererin, zu plaudern, aber da sie nicht hier ist, kaufe ich ein Brot und bleibe noch ein paar Minuten, falls noch jemand anders reinkommt. Als das nicht der Fall ist, gehe ich. Ich hatte gehofft, meine Freundin auf die Geburtstagsparty einladen zu können, weil ich finde, dass Partys keinen Spaß machen, wenn alle Gäste gleich alt sind. Eine Party nur für ältere Leute, das geht nicht, zumal ich mich, biologisches Alter hin oder her, nicht alt fühle. Oder eigentlich erst, seit ich gemerkt habe, dass ich keine jüngeren Freunde mehr habe, was schlimmer wurde, als ich aufhörte zu unterrichten. Und das ist noch so ein Problem mit dieser Stadt. Es ist schwieriger, Freundschaften mit jüngeren Menschen zu schließen, als in Städten wie Lagos oder Delhi. In San Francisco halten die Leute sich tendenziell an ihre Altersgenossen. Und auch wenn ich weiß, dass meine Freundin Sunshine kommen wird – ein einzelner junger Mensch reicht nicht aus. Ich hatte zudem gehofft, meiner neuen Freundin ein paar Tulpen zu schenken, aber jetzt werde ich wohl alle behalten müssen. Ich sehe mich um, denke an die obdachlose Frau und dann für einen Moment an Mrs Dalloway und ihren Rittersporn. Mrs Dalloway wählte steife und stattliche Blumen für ihre Gesellschaft, ich dagegen habe mich für Tulpen entschieden, die sich in der Vase recken und wölben und weiterwachsen. Recht angemessen, nicht wahr, an einem Tag, der mit dem Kraftfahrzeugamt begonnen hat.

Auf dem Rückweg gehe ich durch die Cole Street und sage Mrs Wong guten Tag, die an der Ecke Alma und Cole wohnt. Zu dieser Jahreszeit verbringt die alte Mrs Wong, in Pantoffeln und rosa Morgenmantel gekleidet, den halben Tag damit, Laub zu fegen. Alle paar Minuten peitscht der Wind neue Blätter hoch und bläst weitere von den Bäumen. Mrs Wongs Erscheinung ist etwas unglücklich – ihr Frotteemantel und ihre gebückte Haltung machen sie viel älter, als sie wahrscheinlich ist. Ich schenke ihr meinen zweiten Bund Blumen, den sie mit überschwänglichem Dank entgegennimmt, wobei sie den Besen fallen lässt, um erst die Tulpen und dann mich zu umarmen. Ich lächle und straffe den Rücken. Ich werde mich niemals als ›alte Oma‹ bezeichnen lassen. Als ich nach Hause komme, gebe ich den Zahlencode ein, schiebe mich durch die schwere Haustür und lege vor dem Treppensteigen eine kurze Verschnaufpause ein. Auf meiner Schwelle steht eine Steige mit leuchtend gelben Meyers-Zitronen. »So ein netter Mann«, sage ich lächelnd, denn ich weiß, von wem sie sind. Mein Nachbar von unten zeigt sich beharrlich, das muss ich ihm lassen. Aber er ist Republikaner und Waffenbesitzer, also hat er bei mir keine Chance. Keine Chance. Ich lege das Brot und die Blumen vorsichtig auf die Zitronen und suche mit der freien Hand in beiden Körbchen meines Büstenhalters nach dem Schlüssel, nur um festzustellen, dass die Wohnungstür schon offen ist. Was bin ich schusselig! Ich hebe alles auf, blicke mich um und stelle sicher, dass ich allein bin, dann trage ich die Kiste zum Küchentisch und greife mir eine Zitrone heraus, um über die Schale zu reiben. Ich liebe frischen Zitrusduft, also lege ich ein paar der Früchte in meinen weißen Obstkorb und trage ihn ins Wohnzimmer.

Wie Sie feststellen werden, ordne ich meine Bücher nicht mehr alphabetisch oder nach Umschlagfarbe wie früher. Jetzt sind die Bücher danach sortiert, welche Charaktere sich meiner Meinung nach miteinander unterhalten sollten. Deswegen steht das *Herz der Finsternis* neben *Le Regard du Roi*, und *Die weite Sargassosee* steht direkt über *Jane Eyre*. Letztere standen mal nebeneinander, aber dann hielt ich es für sinnvoll, die alte koloniale Ordnung umzustürzen und Rhys die Oberhand – das obere Regalbrett – zu überlassen. Ich wende mich kurz von meinen Büchern ab, weil ich etwas gehört habe, aber es ist nur das Knallen von Tennisbällen und das Beben des Basketballkorbs, die üblichen Geräusche aus der Schule gegenüber. Ich gehe wieder zum Regal und ziehe wahllos ein Buch hervor, und es fällt eine Postkarte heraus. Von ihm, natürlich. Fulani-Frau mit Bronzeohrringen. Ich drehe die Karte um und fahre jede sorgsam geschriebene Zeile mit meinem Zeigefinger nach, dann halte ich mir die Karte vor die Nase und lächle. Unterschrieben war sie mit den Worten »*Eu te amo*. Antonio«, und der Strich des letzten »t« wies auf schmerzhafte Weise über die Karte hinaus. Ich seufze und versuche mich zu erinnern, wie er aussah. Ich erinnere mich an seine Augen, die hellbraun waren. Und an seine Hände, an die erinnere ich mich. Ich erinnere mich, wie er mich zum ersten Mal berührte, wie er im Schutz der Dunkelheit meine Hand nahm. Wir waren im Kino und sahen uns Gott weiß was an, denn er ließ seinen Daumen in meiner Handfläche kreisen, und es erforderte meine ganze

Konzentration, um nicht laut zu stöhnen. Er war immer so sanft, außer wenn er es nicht war, was manchmal noch aufregender war. Aber vor allem waren es seine Worte, die mich zu ihm hinzogen, und seine Liebesbriefe, überschäumend vor Zärtlichkeit und Verlangen.

Ich gehe zurück in die Küche und mache mir einen Tee. Ich stehe im *Tadasana* vor der Spüle und lasse meinen Blick über die Stadt schweifen, und dabei denke ich an Mrs Manstey in ihrer einsamen New Yorker Wohnung. Und als die Waschmaschine aus der Nachbarwohnung wummernd ihren Schleudergang beendet, höre ich erneut das Geräusch; diesmal besteht kein Zweifel. Erst wundere ich mich, nicht über die Tatsache an sich, sondern über die Woge der Lust, die meinen Körper erfasst, als ich meinen grünen Harrod's-Becher abstelle und leise aus der Küche ins Wohnzimmer laufe. Das Winseln ist lauter geworden, ebenso wie das immer schnellere Wummern, das dem Liebesspiel des Pärchens in der Wohnung nebenan seinen Rhythmus verleiht. Ich gehe zu meinem Futonsofa, lege mich hin und suche lächelnd in Gedanken nach einer geeigneten Person, um diese unverhoffte Gefühlswallung zu genießen. Dawud ist der Erste, der mir einfällt, er riecht nach Falafel und Flieder, während wir mit verschlungenen Beinen daliegen. Ich schiebe mit dem Fuß ein

Kissen aus dem Weg, und dann ist es der Nachbar, der Dawuds Platz einnimmt, der mit seinen schwieligen Händen sanft meine Brüste umfasst und mir die Brustwarzen massiert. Aber bald ist es, zwangsläufig, Antonio, der seine Finger zwischen meine Schenkel gleiten lässt und mir mit seinem Atem den Hals kitzelt. Ich schließe die Augen und flüstere seinen Namen, und dann lasse ich los und konzentriere mich auf die Wärme, die meine Berührung entfacht hat. Erst später, als ich still daliege, denke ich wieder an Antonio, und ich wünschte, er läge neben mir. Wir beide, eng umschlungen. Ich lege meinen Arm wieder nach unten, den ich mir tatsächlich über den Kopf geworfen hatte, und bedecke meine Brüste mit den Händen. Dann muss ich eingenickt sein, denn als ich wieder aufwache, ist alles um mich herum ruhig. Ich stehe auf, richte mein Kleid und schüttele ein Kissen auf. Ich finde meine Brille auf der Küchentheke und lächle, als ich mein Spiegelbild in der Wölbung des silbernen Teekessels sehe. Ich sehe genauer hin, ich erinnere mich, wie Antonio immer sagte, meine Augen seien seine »Liebeskrümel«. Geklaut aus einem Gedicht, sagte er, von E. E. Cummings. Während ich darauf warte, dass das Wasser kocht, erinnere ich mich wieder an ein paar von unseren Geheimnissen, und er fehlt mir. Aber dann sage ich mir, dass es vielleicht weniger die Person selbst als die Vorstellung seiner Person ist, die mir fehlt. Wie oft habe ich mich einsam gefühlt, selbst wenn ich jemanden hatte. Einsamer manchmal, als wenn ich allein bin. Ich nehme den Teebeutel heraus, drücke ihn aus und lasse ihn neben den Kessel auf die Untertasse plumpsen. Sanft wie das Kreisen von Antonios Daumen rühre ich so lange, bis kein Zucker mehr am Grund meiner Tasse liegt. »Wanna little sugar in my bowl«, summe ich und tänzele in Richtung Schlafzimmer, um nochmal einen Blick auf meine neuen Schuhe zu werfen.

Dieses Jahr sind die Schuhe rot und aus Samt, und obwohl sie nicht billig waren, oder sagen wir, *weil* sie nicht billig waren, sind sie traumhaft schön. »Ein Traum«, flüstere ich und befreie meine Hände, um sie anzuprobieren. Ich habe zwei Geburtstagstraditionen. Die erste ist, mir ein Paar Schuhe zu kaufen, und dieses Jahr sind es *Peeptoes* mit stabilem Keilabsatz. Außen sind sie von einem satten samtigen Dunkelrot, und weil es ein wichtiger Geburtstag ist, werde ich die Schuhe zu meinem schwarzen Chiffonkleid und der doppelreihigen Perlenkette tragen. Perlen, die mich schon an alle möglichen Orte begleitet haben – zum Lunch mit Mrs Gandhi, in den Buckingham-Palast zum Tee und bis in diese kleine Wohnung hier, wo ich mich dringend mal um das kaputte Glas in meinem Ganzkörperspiegel kümmern muss. Ich klettere auf den Badewannenrand und halte mich mit kräftigem Griff an der Tür fest, um nicht aus dem Gleichgewicht zu kommen. So kann ich Schuhe und Kleid gleichzeitig im Badezimmerspiegel sehen und mir, genau an der Stelle, wo jetzt meine Hand liegt, mein künftiges Tattoo vorstellen. Denn das ist meine zweite Tradition: jedes Jahr etwas Neues wagen. Letztes Jahr war es Schnorcheln, und vorletztes Jahr war es Schwimmen lernen. Dieses Jahr ist es ein Tattoo, wobei nicht das Tattoo selbst das Wagnis ist, sondern die Stelle, die ich dafür ausgesucht habe. Ich habe beschlossen, dass etwas am Handgelenk oder Fußgelenk zu gewöhnlich wäre, und das ist auch der Grund, warum ich mit meiner Bäckereifreundin reden will. Ich hatte gehofft, sie fragen zu können, was sie von einer Bougainvillea-Ranke auf meinem Rücken halten würde. Ob das eine gute Idee sei. Es war auch der Grund, warum ich Tulpen in zwei verschiedenen Farben gekauft habe, ich wollte nämlich wissen, welchen Farbton sie empfehlen würde oder ob sie gar keinen Farbton empfehlen würde – nur das übliche Schwarz. Waren die meisten Tattoos heute schwarz oder dunkelgrün? Und welche Farbe würde auf meiner dunklen Haut am besten aussehen? Die Bäckereifreundin hat einen chinesischen Drachen auf dem Rücken, der mit den Füßen auf ihrem Oberschenkel hockt. Sie hat ihn mir mal gezeigt, einfach so, eines

Tages, und mir erklärt, er würde das Erbe ihrer Familie darstellen. Sie sagte, sie hätte ihn in drei Sitzungen machen lassen, um besser mit den Schmerzen umgehen zu können. Ich frage mich, wie lange man wohl für meine Blume brauchen wird. Hoffentlich nicht lange, ich habe etwas gegen Spritzen. Ich schaudere beim Gedanken an die vielen Impfungen gegen böse Krankheiten, die ich als Kind bekommen habe. Tetanus. Typhus. Diphtherie. Gelbfieber. Jetzt frage ich mich, ob es nicht besser wäre, etwas Kleineres zu nehmen. Vielleicht nur einen kleinen Zweig Bougainvillea – etwas von der Größe von Dawuds Geschenk –, am Halsansatz. Für etwas so Großes wie einen Drachen hätte ich nie den Mut, aber vielleicht wäre eine klitzekleine Blüte denkbar, Symbol des tropischen Klimas, das ich so liebe. Ja, allmählich gefällt mir die Idee. Was könnte besser sein, um meinen 75. Geburtstag zu markieren? Ich mache eine Drehung, um besser sehen zu können, und mitten in der Drehung rutsche ich aus.

4

»Sie haben Glück gehabt«, sagt die Teamleiterin im *Good Life*-Rehazentrum.

»Ja«, sage ich und nicke, denn ich weiß, dass ich Glück hatte. Ein Nachbar war zu Hause und hatte meinen Sturz gehört. Und ich weiß, dass ich mich sehr viel schlimmer hätte verletzen können. Und hätte ich keine Schmerzen, würde ich vielleicht etwas heiterer reagieren; stattdessen hole ich tief Luft, zwinge meinen Körper zu mehr Ruhe und Gelassenheit. Doch heute will mein Körper nichts zu tun haben mit seinem alten yogischen Ich. Ich bin erschöpft, und es passt mir nicht, dass mich jemand in ein schlabbriges T-Shirt ohne Büstenhalter gesteckt hat. Und es passt mir nicht, dass diese süßlich parfümierte Frau bestimmt meinen säuerlichen Morgenatem bemerkt. Also drehe ich mich zur Seite und suche auf dem Tisch nach einem Schmerzmittel.

»Was kann ich Ihnen holen?«, fragt die Frau.

»Nichts, ich habe alles«, sage ich, denn jetzt, wo ich meine Brille gefunden habe, kann ich erkennen, dass sie nicht viel jünger ist als ich selbst. »Ich bin nur leicht neben der Spur.«

»Das liegt an den Medikamenten, meine Liebe, die Wirkung ist noch nicht abgeklungen. Sie müssen sich jetzt schonen.« Sanft drückt sie mir die Hand.

»Vielleicht brauche ich nur Ablenkung.« Ich setze mich auf, um nicht in einer so hilflosen Position zu sein.

»Wann immer Sie so weit sind«, sagt sie, »wir haben jede Menge Aktivitäten im Angebot. Wir haben Ragtime-Musik, läuft genau in diesem Moment, wir haben einen Handarbeitskreis mit Stricken und Nähen … Sogar Speed-Walking, Hula-Hoop und iPad für Anfänger, der Kurs ist gerade neu dazugekommen.«

»Am liebsten hätte ich eigentlich ein paar Bücher«, entgegne ich und schlackere mit meiner freien Hand.

»Haben Sie die Bibliothek gesehen?«

»Nein«, sage ich. Die Bücher, die ich will, sind meine eigenen Bücher, aber die Frau hat schon angefangen, von der Bibliothek zu schwärmen. Stolz zählt sie ein paar Autoren auf, die hier Vorträge gehalten haben, als müssten sie mir etwas sagen, aber das tun sie nicht. Ich vermute, es sind keine von Rang und Namen. Da klingelt das Telefon der Frau, und sie entschuldigt sich, denn sie muss weiter. Ich hingegen bin erleichtert. Jetzt, wo sie weg ist, greife ich über meinen Nachttisch, hole mir das eine Buch, das ich habe, und lasse mich zurück ins Bett plumpsen. Ich weiß, ich habe Glück gehabt, natürlich weiß ich das, aber es passt mir nicht, so gebrechlich zu sein und mich ohnmächtig zu fühlen.

Das Buch hatte ich mir schon vor Jahren in mein Notfallgepäck gesteckt und dann beides vergessen, aber wer immer mich nach dem Sturz gefunden hatte, muss die Tasche neben dem Bett entdeckt und sie für meine normale Handtasche gehalten haben. Komisch, dass die Notfalltasche mitgekommen ist, obwohl sie eigentlich für eine ganz andere Art von Notfall gedacht war. Für Erdbeben und Tsunamis nämlich. Aber wie das Leben so spielt, nicht wahr? Immer war es das Unerwartete, diese ungeplanten Ereignisse, die einen am Ende zu Fall brachten. Ich hatte nie sehr viel übriggehabt für die Beschaffenheit und den Geruch dieser Schlangenledertasche, aber aus nostalgischen Gründen hatte ich sie behalten. In Kano hatte sie mir ein alter Hausa-Händler verkauft, und weil ich sie zusammen mit meiner Mutter auf dem Markt erstanden habe und weil der Händler darauf bestanden hatte, dass sie mir Glück bringen würde, habe ich mich nie von ihr getrennt. Das Glück, auf das ich als Kind gehofft hatte, war, dass Gott mich von meiner Kurzsichtigkeit heilt. Ich hatte mal von einem Mädchen gelesen, das seine Brille verliert und betet, dass sie gefunden werde, nur um verblüfft festzustellen, dass Gott ihr Gebet erhört und ihre schlechten Augen geheilt hat. Auf so eine Art Wunder hatte ich gehofft. Ich hatte mir sogar angewöhnt, über die Tasche zu reiben wie über eine Wunderlampe, bis mir aufging, dass Gott vielleicht gar nicht so begeistert davon wäre. Über Lampen zu reiben in der Hoffnung auf Zauberei war nicht gerade sehr christlich. Wahrscheinlich hatte ich meine Chance verspielt. Aber nach all diesen Jahrzehnten war das vielleicht jetzt der vom Händler prophezeite Glücksmoment, denn sonst ist hier im Zimmer nichts, womit ich mich beschäftigen könnte – Bett, Stuhl, Kommode, ein Schrank mit einem Fernseher und ein Tablett mit Usambaraveilchen auf der Fensterbank. Die malvenfarbenen Blümchen stehen auf einem Plastiktablett, das nach Kantine aussieht. Und jetzt, wo der Schmerz nachlässt, schließe ich die Augen und konzentriere mich auf meinen Atem. Ich atme ein, ich atme aus. Was für grauenvolle Aktivitäten, die hier angeboten werden.

Ich denke an Fallschirmspringen und Bauchtanz und nicke ein. Und dann träume ich von Rennautos beim Safari Rally, wo Buttercup und ich in einer roten Staubwolke auf die Zielgerade zuschießen.

Ich wache auf, weil ich draußen Stimmen höre. Spanisch sprechende Stimmen. Irgendjemand erwähnt eine Party, und dann wird gelacht. Ich ärgere mich ein wenig darüber, wie viel Lärm sie machen, und versuche dabei, meinen Oberkörper in eine weniger schmerzhafte Lage zu drehen. Ich huste, um den Hals freizubekommen, dann taste ich über den Nachttisch hinweg nach einem Glas Wasser. Meine Hand findet stattdessen meine Brille und das Buch, also nehme ich beides und versuche mich aufzuheitern, indem ich an zu Hause denke und an die Bücher, die mich erwarten. Die Bücher, die meiner Mutter gehört haben, stehen in meinem Schlafzimmer. Ihre Beatrix-Potter-Bände sind allesamt hinter den Glastüren der Vitrine. Die Wörterbücher und Zeitschriften liegen ganz unten, und alles andere wohnt dazwischen. Caesar hätte das nicht gern gesehen. Er hätte gesagt, ich hätte viel zu viel Kram.

Ich war 22, als wir geheiratet haben, und Caesar 37. Er war jünger als mein Vater, aber nur knapp. Er besaß die gleiche Zuversicht und Selbstsicherheit wie mein Vater, aber anders als er war Caesar weltgewandt und studiert, das heißt, er sprach mit Fachkenntnissen und nicht nur aus persönlicher Überzeugung über das, was für Nigeria am besten sei, was für unseren Kontinent am besten sei. Ich war stolz, wenn ich sah, wie die Leute zuhörten, wenn Caesar sprach, wie sie sich vorbeugten, um ja kein Wort zu verpassen. Caesar sprach leise, manchmal fast unhörbar, eine der Eigenschaften, die mich als Erstes zu ihm hinzogen; aber mit der Zeit verlor diese Eigenart ihren Reiz, und ich begann sie nur noch als Charmeoffensive wahrzunehmen. Ich verlor den Glauben an die Politik und die Geduld mit denjenigen, die meinem Mann an den Lippen hingen, vor allem mit den Frauen, die ihm Honig ums Maul schmierten und ihm das Gefühl gaben, er solle und würde der nächste Präsident von Nigeria werden.

Antonio war ursprünglich Caesars Freund. Er war als erster schwarzer Kulturattaché Brasiliens nach Nigeria gekommen. Er war Fotograf und wurde von allen geliebt, sowohl von der Elite von Lagos als auch von den Leuten in den Straßen und Dörfern, die sein bevorzugtes Sujet darstellten. Er war ein paar Jahre jünger als ich und ein Anhänger des Candomblé-Kults – zwei Gründe mehr (abgesehen davon, dass er Caesars Freund war), warum ich nie gedacht hätte, dass ich mich in jemanden wie ihn verlieben würde. Andererseits hätte ich auch nie gedacht, dass ich jemanden heiraten würde, der schon verheiratet war. Am Ende war es Antonio und nicht der Prediger, zu dem ich hinging, als ich von Caesars zweiter Frau erfuhr. Antonio war der Mann, der immer Zeit für mich hatte, der Mann, dem Pomp und Gloria nichts bedeuteten, und der Mann, der Fragen stellte, die niemals oberflächlich waren. Der Mann, der fotografierte und an die Macht der

Kunst glaubte. Manchmal musste ich nur an die kleinste Berührung seiner Hand denken, schon war ich erregt und fantasierte davon, wie es wohl wäre, weiter zu gehen. Ich stellte mir verbotene Begegnungen vor, Orte, an die wir zusammen reisen könnten, wo wir tanzen, lachen und uns lieben würden. Ich stellte mir vor, furchtlos zu sein, dabei rang ich mit der Angst, meinen Mann zu betrügen (obwohl er ja mich betrogen hatte), und mit der Angst, vor unseren Freunden und vor Antonios entzückender Frau bloßgestellt zu werden. Am meisten fürchtete ich, meinen Vater zu enttäuschen, der durch den Tod meiner Mutter schon genug Kummer ertragen musste.

5

Die Nachricht verrät nichts, außer Morayos Namen: Kein Wann und Wie, nur dass man für weitere Information folgende Nummer wählen solle. Ich muss mich lange durchfragen, bis ich jemanden dran habe, der Bescheid weiß, aber irgendwann bestätigt mir eine Schwester, dass Morayo tatsächlich im Krankenhaus liegt, dass sie gestürzt sei und gerade an der Hüfte operiert werde. Schockiert muss ich an meine vielen Versprechen denken, zum Tee vorbeizukommen und die Jungs mitzubringen. Aber jede Woche hatte ich irgendeinen neuen Vorwand, und der Besuch fiel wieder aus.

Das St Mary's Hospital ist nicht weit von der Schule der Jungs, und nachdem ich die Kinder abgeliefert habe, kaufe ich Blumen und fahre hin. Ich hatte nicht nach den Besuchszeiten geschaut, aber notfalls würde ich mich einfach als Morayos Tochter ausgeben. Ich bin sicher, dass Morayo mich dem Krankenhauspersonal ohnehin so vorgestellt hätte: »Meine Tochter, Sunshine.« Also nehme ich den Fahrstuhl in den siebten Stock und bin froh, dass mich niemand aufhält. Morayos Bett ist mit einem geblümten Plastikvorhang von den Nachbarbetten abgetrennt, sie liegt auf dem Rücken und atmet durch den Mund. Behutsam berühre ich sie am Handgelenk und sage flüsternd hallo. Ein paar drahtige weiße Härchen sprießen aus ihren ansonsten dunklen Augenbrauen. Es macht mich traurig, sie so müde zu sehen und älter als beim letzten Mal. Ich tätschele ihr die Hand und flüstere ihr zu, dass ich gleich wieder da sei. Ich muss die Blumen in Wasser stellen. Es gibt einen Beistelltisch, aber keine Vasen. Daran hätte ich denken sollen.

Auf der Schwesternstation sind alle sehr beschäftigt, aber ein paar Minuten später bietet mir jemand seine Hilfe an, und nach einiger Sucherei reicht man mir einen Plastikbecher Wasser. Sehr unelegant und viel zu klein, aber ich tue mein Bestes, um Morayos Lieblingsblumen darin aufzurichten, während dieselbe Schwester jetzt nach ihr schaut.

»Hallo, Mrs Da Silva«, wiederholt die Schwester. »Wie fühlen Sie sich? Schläfrig? Sie haben Besuch.« Dann dreht sie sich zu mir. »Es sind die Medikamente, wissen Sie, die machen müde. Mrs Da Silva?« Immer wieder ruft sie Morayos Namen, bis Morayo die Augen aufschlägt und blinzelnd erst die Schwester ansieht, dann mich.

»Na?«, flüstert Morayo, sie hat mich erkannt, ein

Lächeln erhellt ihr Gesicht. Sie versucht ihre Hand von der Bettdecke zu heben, lässt sie aber gleich wieder fallen, als sie die Nadel vom Tropf in ihrem Handrücken sieht.

»Ich bin ja so froh, dass nichts Schlimmes passiert ist«, sage ich und streichle ihr den Arm.

»Sunshine?«

»Ja«, sage ich lächelnd.

»Ist alles alles?«

»Es ist alles gut«, sage ich, ich merke, dass sie noch nicht ganz da ist.

»Sie wird die nächsten paar Tage noch müde sein«, erklärt die Schwester, als Morayo mit flatternden Lidern erneut die Augen schließt. »Sie kommt in die Reha, dann kriegt sie Physiotherapie. Das Gute ist, von einer Hüft-OP erholt man sich meistens ziemlich schnell. Aber auf das, was danach kommt, da muss man ein Auge drauf haben. Sie muss sich bewegen. Eine Thrombose können wir nicht gebrauchen. Sie muss die Muskeln wieder aufbauen. Sie darf auf keinen Fall nochmal stürzen, da muss man höllisch aufpassen.«

Beim Verlassen des Krankenhauses achte ich darauf, nichts anzufassen. Die Knöpfe des Fahrstuhls drücke ich mit meinem Ellenbogen, und sobald ich im Freien bin, hole ich ein Feuchttuch hervor und wische mir akribisch die Finger und dann die Unterarme ab. Um auf Nummer sicher zu gehen, wiederhole ich den Vorgang, dann werfe ich einen Blick auf mein Telefon, um zu schauen, ob ich neue Nachrichten habe.

Ich kenne Morayos Wohnung sehr gut. Vor zehn Jahren habe ich selbst in dem Haus gewohnt, und dort habe ich sie auch kennengelernt – an einem aufwühlenden Nachmittag. Meine Schwiegereltern waren zu Besuch, und ich war vollkommen damit überfordert, in unserer viel zu engen Wohnung – mit Zach noch in den Windeln und Avi als Neugeborenem mit Koliken – die pflichtbewusste und fürsorgliche Schwiegertochter zu spielen. Ich hatte mich in den Waschkeller geflüchtet, um mich zu sammeln, aber kaum hatte Morayo mich gefragt, was denn los sei, brach ich in Tränen aus. Und wie das manchmal so ist, wenn ein wildfremder Mensch nett zu einem ist: Ich schüttete ihr mein Herz aus. Ich erzählte ihr von meinem Gefühl der Unzulänglichkeit, denn wie sehr ich mich auch bemühte, ich war meinen Schwiegereltern nie gut genug: nie damenhaft genug, nie untertänig genug, nie gebildet genug, aber vor allem nie »indisch genug«. Letzteres machte mir am meisten zu schaffen, bis Morayo mich beruhigte: »›Indisch genug‹ – so etwas gibt es nicht, mein Herz, es gibt nicht nur eine indische Kultur.« Und weil sie im selben Alter war wie meine Schwiegereltern und weil sie sowohl in Indien als auch in Afrika gelebt hatte, glaubte ich ihr.

Als ich angekommen bin und Morayos Wohnungstür aufschließe, wundere ich mich, wie heiß und stickig die Wohnung ist und wie zugemüllt. »Mein Gott«, murmele ich und sehe mich zwischen den Büchern und Papieren um. Wann war ich zuletzt hier? Es kann doch noch nicht allzu lange her sein? Überall liegen Bücher, im Bücherregal liegt alles kreuz und quer, manche sind mit dem Rücken nach innen, andere nach außen gedreht. Nichts auf den Regalen ist alphabetisch geordnet, obwohl wir vor ein paar Monaten noch einen ganzen Tag damit verbracht haben, ihre Bücher von A bis Z zu sortieren. Jetzt entdecke ich weitere Bücher in Kommodenschubladen und Küchenschränken wie vergessenes Kinderspielzeug. Alles ist durcheinander, und würde ich Morayo nicht kennen, hätte ich mir womöglich Sorgen gemacht um ihren Geisteszustand. Aber mit Morayo ist doch alles in Ordnung. Oder nicht? Unterlagen und ungeöffnete Rechnungen stapeln sich auf dem Tisch. Wie soll ich die Zeit finden, das alles aufzuräumen? Ich werde jemanden anheuern müssen, aber auch dafür ist im Moment keine Zeit. Heute kann ich nichts weiter tun, als zu kontrollieren, ob alle Lichter aus sind, ob irgendetwas im Kühlschrank ist, das weggeworfen werden muss, und ein paar Bücher für meinen nächsten Krankenhausbesuch zusammenzusuchen. Aber welche nur? In ihrem Schlafzimmer finde ich zwei, die relativ neu aussehen, und die Memoiren von Maya Angelou. Von der habe ich zumindest schon mal gehört. Morayo gibt mir ständig was zum Lesen, aber die meisten dieser Bücher sind mir zu anspruchsvoll, deswegen bin ich angenehm überrascht, einen Stapel Liebesschnulzen neben ihrem Bett zu finden. »Wer hätte das gedacht, Frau Professor«, sage ich lachend zu mir selbst. Andererseits, vielleicht sollte es mich nicht weiter wundern. Verglichen mit den meisten anderen älteren Leuten war Morayo viel ungehemmter, offener und unkonventioneller. Es konnte unmöglich viele Frauen ihres Alters geben, die ihr Erspartes in einen schönen Sportwagen gesteckt hätten. Ich gehe in die Küche, schütte die Teereste aus mehreren Tassen in die Spüle und wische die Arbeitsflächen sauber. Ich bin schon wieder auf dem Sprung, da höre ich ein Rascheln. Ich drehe mich um und schreie, als ich sehe, was dort auf dem Herd sitzt. Und schon ist die Maus hinterm Ofen verschwunden, um sich zu ihren – wahrscheinlich unzähligen – Geschwistern zu gesellen.

Ich rufe Francisco an, mein Mädchen für alles. Zwei

Tage später lasse ich ihn in Morayos Wohnung, um ein bisschen aufzuräumen, und als ich zurückkomme, ist die Wohnung wie verwandelt. Es liegt nichts herum und die Bücher stehen aufrecht im Regal. Die größeren Bücher, die nicht ins Regal passen, liegen auf einem Stapel – alles, was doppelt ist, auf einem zweiten Stapel, ganz nach meinen Wünschen.

»Und die Maus?«

»Erledigt«, erklärt Francisco. »Erledigt. Aber ich will Ihnen mal was sagen, diese Frau, ich glaub, die hat überall Geld versteckt. Ich finde Geld in den Büchern; ich finde Geld in der Küche. Überall. Überall ist Geld, verstehen Sie, vielleicht traut sie sich nicht zur Bank oder so was. Ich weiß nicht, aber hier, gucken Sie mal …«

Er reicht mir ein Bündel Dollarscheine; Eindollarscheine bis hin zu Hundertern, und davon gleich mehrere.

»Vielleicht sollten Sie ihr mal sagen, sie soll nicht überall Geld verstecken.«

»Werde ich tun«, sage ich nickend. »Danke. Und die anderen Bücher?«

»Die zerfledderten? Na, die hab ich weggeschmissen.«

»Sie haben was?«, rufe ich entsetzt. »Aber davon

hab ich nichts gesagt. Ich hab gesagt, alte Zeitungen und Zeitschriften. Doch keine Bücher.«

»Sie haben gesagt, ich soll alles wegschmeißen, was zerfleddert ist.«

»Aber nein, so war das nicht …« Ich halte inne. Eigentlich will ich sagen, *dann haben Sie mich falsch verstanden,* aber ich sehe an Franciscos gekränkter Miene, dass es die Sache nur noch schlimmer machen würde. Das Letzte, was ich will, ist, dass er sich angegriffen fühlt, weil ich sein Englisch kritisiere. Ständig beklagt er sich über Leute mit Vorurteilen gegen Lateinamerikaner, und ich will nicht, dass er denkt, ich sei eine dieser rassistischen Gringos. »Okay«, sage ich deshalb, »aber jetzt müssen wir die Bücher wieder herschaffen.«

»Ich soll sie aus dem Müll holen, oder was? Es ist ziemlich viel Müll«, sagt er und zieht eine Augenbraue hoch.

Als ich in den Keller komme, wo die Mülltonnen stehen, kann ich die Bücher nicht finden. Was immer Francisco weggeworfen hatte, inzwischen ist alles unter fremdem Müll begraben – Pizzaschachteln, Cornflakesschachteln, Glasflaschen, Coladosen und Plastik. So viel Plastik! Ich spiele mit dem Gedanken, die Tonne auf dem Boden auszuleeren und alles durchzuwühlen. Völliger Irrsinn. Bis dahin wären die Bücher nur noch mehr hinüber. Also sage ich mir, es sei vielleicht gar nicht so schlimm. Vielleicht hätten die meisten dieser Bücher ohnehin entsorgt werden müssen. Morayo hat so viele Bücher, viel zu viele Bücher, sie hat gar nicht genug Platz dafür. Und so verlasse ich den Keller, und am nächsten Tag sind die Mülltonnen geleert worden.

6

»Pass auf, also, neulich kommt ne schwarze Frau zu mir an. Ist nicht negativ gemeint, ich sag halt nur, sie war schwarz. Und groß, und alt. Nicht total alt, aber definitiv älter als ich: alt genug, um meine Mutter zu sein, vielleicht sogar meine Großmutter. Na ja, jedenfalls, sie sieht, dass ich den ganzen Scheiß mit mir rumschleppe. Außerdem hatte ich den Hund dabei, also hab ich ihr vielleicht irgendwie leidgetan, und dann fragt sie mich so, alles in Ordnung? Aber manchmal hat man einfach keinen Bock mehr, ständig angeglotzt zu werden, als bräuchte man Mitleid. Genau, ich leb auf der Straße. Na und? Vielleicht hätte ich ihr das sagen sollen, aber die richtigen Worte fallen einem ja oft erst später ein.

Auf der Straße leben heißt, wir machen unser Ding auch ohne Wohnung. Wir haben kein Dach überm Kopf, aber wir kommen klar. Gott sei Dank arbeite ich in der Lebensmittelbranche, und wir haben zu essen. Und ich hab das Gefühl, ich hab durch diese Art zu leben sehr viel gelernt, weil man nie hungert, weil man immer was zum Anziehen hat, weil man im Prinzip alles auf der Straße findet. Wir helfen uns gegenseitig, verstehst du. Ich bin viel in den Parks unterwegs, und da seh ich das immer wieder. Keiner ist besser oder anders als der andere. Wir gehören alle zusammen. Wir kümmern uns umeinander. Wir haben Tage, da geht's uns gut, und Tage, da geht's uns mies, genau wie jeder andere. Ich saufe nicht oder so was, ich nehm auch keine Drogen mehr wie früher, das ist meine freie Entscheidung. Das ist für mich ne Perspektive, da konzentrier ich mich drauf, sonst verlier ich meine Selbstachtung. Und bei so einem Leben kann man nicht die ganze Zeit drauf sein. Geht einfach nicht. Man verliert die Sache aus dem Blick, man ist die ganze Zeit fertig. Ich hab mein Auto, meinen Hund und mein Zeug, ich hab einen Job, also geht's mir gut. Ich war sogar schon mal verheiratet, ich hab in Portland gelebt, in Oakland und in Berkeley, und ich hatte ne echt schöne Kindheit und so. Mein Vater hat richtig Kohle gemacht, dafür, dass wir in der Bronx gewohnt haben. Das, was die Leute heute so verdienen, hat mein Vater damals verdient. Fette Summen. Also komm ich aus gutem Hause. Mein Vater hat immer alles gespart, anders als ich. Ich bin ein Freigeist, verstehst du, ne Künstlerin.

Ich komm aus ner Künstlerfamilie, mit Klavier und Musik, das volle Programm. Wir hatten schon als Kinder ein Klavier, und bei meiner Oma zu Hause war auch schon eins, als ich noch klein war. Ukulele und

Mandoline und Singen und Tanzen. Verstehst du, aus so einem Elternhaus komm ich. So war das bei uns. Deswegen, die *Grateful Dead* haben mir diesen freien Geist eingehaucht, diese Lust aufs Tanzen. Ich hab Modern Dance gelernt. Ich hatte ne Nummer in Carnegie Hall. Ich will jetzt nicht auf armes reiches Mädchen machen oder irgend so was, aber ich komm aus gutem Hause. Und klar seh ich mich als Mensch, der noch was erreichen will im Leben. Aber dann würde ich alle bei mir aufnehmen wollen, verstehst du, damit die Leute einfach mal richtig ausschlafen können, verstehst du. Weil ich weiß, wie das ist. Und ich hab seit drei Jahren nicht mehr in nem richtigen Bett geschlafen. Aber es ist ne Reise im Leben, verstehst du, das ist wie ein Reporter, der ins Ausland fährt. Wie ne Mission, wie ein Missionar. Und es ist nicht so, dass ich nicht schlafe, ich hab ein Kissen und ne Decke, verstehst du. Ne Daunendecke sogar. Ich hatte mal einen Schlafsack. Den hab ich aber verschenkt. Es tut total gut, anderen was zu schenken.

Schenken! Ich hab so viel über das Schenken gelernt. Schenken gibt einem ein geiles Gefühl. Jemandem einen Kaffee spendieren oder die Maut für jemanden bezahlen oder selbst was geschenkt kriegen, verstehst du. Nett zu anderen zu sein ist was UNFASSBARES. Unfassbar! Nett sein. Total unfassbar. Oft nehmen wir uns einfach nicht die Zeit, andere richtig kennenzulernen, und vielleicht hat ja jemand ein gebrochenes Herz, weswegen auch immer, verstehst du.

Also. Nochmal zurück zu dieser Frau. Na ja, vielleicht hatte sie ein gebrochenes Herz, verstehst du, und ich hätte nicht so reagieren sollen, so nach dem Motto, geh mir nicht auf die Nerven. Man weiß es einfach nie. Sei nett zu den anderen. Also, nett sein zu anderen. Nett sein. Das ist mein neues Motto.

Also, vor ein paar Tagen hab ich ganz viele Bücher gefunden, die hatte jemand einfach auf den Bürgersteig gekippt. Also hab ich sie mitgenommen und ein paar davon weiterverschenkt, an Freunde, die gern lesen, verstehst du. Aber eins hab ich behalten, das handelt von Afrika, und ich hab schon immer ne Theorie gehabt, dass die Afrikaner als Erstes in Nord- und Südamerika waren und dass ein paar von meinen Vorfahrinnen vielleicht aus Afrika kamen. Deswegen hab ich das Buch über Afrika behalten, und mir gefällt der Name auf der ersten Seite. Morayo Da Silva. Ich weiß nicht, wie man den Namen ausspricht, aber ich mag ihn irgendwie, weil er geschlechtslos und geerdet klingt, genau wie mein frei gewählter Name. Eigentlich Sarah, heute Sage. Und ich stell mir immer noch vor, wie meine afrikanischen Urahnen durch Europa gekommen sind und über die Beringstraße und die Westküste runter sind ins Land meiner anderen Urahnen – die Cherokee-Indianer aus dem Südosten und die Apachen aus dem Südwesten. Ich stell mir außerdem vor, dass ich eines Tages meinen beknackten Freund abschieße, ihm den Hund dalasse und wieder studieren gehe, verstehst du. So würde ich mir was aufbauen können für mein Leben. Ich werde nach Brasilien fahren. Vielleicht nach Afrika, weil, wenn man mal drüber nachdenkt, bei dem, was ich gerade durchmache, ist mein Leben nicht so viel besser als das, was die Afrikaner gerade durchmachen, verstehst du. Mein Leben ist nicht schlecht oder so, aber ich will jetzt nicht lügen. Das Leben auf der Straße ist hart, und manchmal, wenn ich was über Afrika lese, find ich nicht, dass es in Amerika besser ist. Echt zum Heulen ist das.

7

Am Telefon erzählt mir Sunshine, dass es erst drei Tage seien, aber es fühlt sich viel länger an. Ich frage mich, ob sie abgerundet hat, damit ich mich besser fühle. Ich will einfach nur nach Hause.

Die Nächte sind am schwersten, wenn ich höre, wie meine Bettnachbarn Albträume haben und die Schwestern in ihren weiten Baumwollhosen und gummibesohlten Schuhen herumwuseln. Ich versuche die Schreie auszublenden, aber es will nicht recht gelingen, und ich erschrecke jedes Mal, wenn die Rohrleitungen in meinem Zimmer klappern und keuchen. Manchmal habe ich auch selbst Albträume. Ich träume, dass mich jemand überfällt, und wenn ich um Hilfe rufe, kommt kein Laut heraus. Ich wache auf und ringe verzweifelt nach Luft. Man hat mir einen Notfallknopf gegeben, wohl für solche Fälle, aber ich weiß nicht, wer kommt, wenn ich ihn drücke, also benutze ich ihn nicht. Ich würde gern meine Tür verriegeln, aber das ist nicht erlaubt. Ich weiß, dass ich hier eigentlich sicher bin, aber ich weiß auch, dass man's nie wissen kann.

Es gibt hier eine sehr nette Frau namens Bella, und

ich wünschte, sie würde nachts arbeiten. Dann würde ich mich sicherer fühlen, aber da sie es nicht tut, bleibe ich auch im Dunkeln wachsam. Ich denke an meine vielen Freunde in der Stadt und auf der ganzen Welt, die nicht wissen, dass ich hier bin. Ich will keinen Besuch haben. Es ist viel zu deprimierend, deswegen habe ich nur Sunshine Bescheid gesagt. Ich warte also, bis das nächtliche Blau der Morgendämmerung gewichen ist, und erst dann, wenn der warme Duft von Ahornsirup durch den Türspalt zieht, gönne ich mir Ruhe.

Zum Trost und um etwas gegen das Kreisen meiner Gedanken zu tun, schließe ich die Augen, hole tief Luft und beschwöre den Duft von Moin-Moin und Akara herauf. »Porridge wäre auch nicht schlecht«, flüstere ich und stelle mir Goldilocks mit Afro vor, und da taucht Bella mit Pancakes und Beilagen auf – kleine Plastikbehälter mit Grape Jelly und Butterstückchen, die so kalt sind, dass sie wie ein Bonbon auf den Pfannkuchen liegen und partout nicht schmelzen wollen.

»*Mind the gap*«, wiederhole ich und warte, dass endlich die Türen aufgehen.

Manchmal habe ich das Gefühl, mein Gedächtnis lässt nach. In letzter Zeit bin ich vergesslicher geworden, und jetzt, wo ich den ganzen Tag im Bett liege, mache ich mir da so meine Gedanken. Werde ich als alte Frau mit Alzheimer enden, wie so viele? Und wer wird sich dann um mich kümmern? Als ich ein Kind war, gab es so eine verrückte Person – ob Mann oder Frau, habe ich vergessen. War es eine barbusige Frau, die ihren Wickelrock auszog und darunter einen zerfetzten und verdreckten Unterrock trug? Kreischte sie und kratzte sich am Kopf? Oder stammt diese Erinnerung aus dem Buch meiner Fantasie? Oder war es ein Mann mit verfilzten Haaren voller Läuse? Er war der einzige Mann mit Bart bei uns in der Gegend. Ich habe mich nie getraut, genauer hinzusehen, weil ich Angst hatte, er würde einen Fluch über mich aussprechen. Alle Kinder wussten, dass irgendwo zwischen den Beinen dieses Verrückten ein großer Penis hing. Er pendelte hin und her. Bedrohlich.

Mittags und abends ist es der Duft von Dampfkartoffeln, der hier als Erstes die Luft erfüllt. Der Duft erinnert mich an meine Zeit im Internat, wo es freitags immer Kabeljau mit Kartoffeln gab. Samstags gab es Shepherd's Pie und sonntags Lammbraten mit Kartoffeln. Alles gefolgt von wackligem Bird's Pudding oder Rowntree's Jelly. Und ich glaube nicht, dass Mutter jemals Kartoffeln gekocht hat. Sie hat immer Reis gekocht – und vor dem Kochen sorgfältig durchgesiebt, und ich durfte meine Finger hineintauchen in die weißen Perlen auf dem Tablett, um die kleinen braunen Steinchen auszusortieren. Ich erinnere mich, dass der

Reis aus Indien kam und in einem großen weißen Sisalsack in der dunklen Speisekammer auf dem Boden stand, und obenauf lag der Schöpfkürbis. Die Erinnerung an den Duft von Dampfkartoffeln stammt also aus dem Internat, und dazu erinnere ich mich an das trostlose Kreischen der Möwen von Eastbourne und an das dazu passende Grau des Himmels und der Kiesstrände. Jetzt fühle ich mich fast wie damals, in diesen einsamen Nächten, wo ich auf dem Rücken auf meinem Etagenbett lag und weinte, weil meine Mutter nicht mehr lebte und mein Vater so weit weg war.

An meinem ersten Abend wurde ich in den Speisesaal geschoben, aber seitdem war ich nicht mehr dort. Immer wieder muss ich an den Mann denken, der vor seinem Teller saß und die leere Gabel an seinen zahnlosen Mund hob. Einer der Pfleger eilte ihm ein paarmal zu Hilfe, doch sobald der Pfleger sich umdrehte, um jemand anderem zu helfen, fing der Mann von neuem an, sich Luft zwischen die Gaumen zu schaufeln. Ich habe den armen Kerl Santiago getauft. Der, der versucht, nicht zu denken, sondern nur zu ertragen. Deswegen finde ich es besser, in meinem Zimmer zu bleiben, in Gesellschaft meiner Gedanken und meines einen Gedichtbands, und mich an Satin-Legs Smith zu erfreuen.

8

Ich hatte geplant, mich nach meiner Emeritierung am Schreiben zu versuchen und mit einem Roman anzufangen, der in Nigeria spielt. Aber das Schreiben fiel mir schwerer, als ich gedacht hätte. Ich nannte meine Hauptfigur Joslyn: einerseits eine Anspielung auf meine Heimatstadt Jos und andererseits auf meine engste Jugendfreundin Jocelyn, die Tochter unseres Hausdieners. Ich hatte immer gehofft, Jocelyn würde mal einen netten Mann heiraten, gesunde Kinder zur Welt bringen und ein glückliches Leben führen; aber inzwischen haben wir keinen Kontakt mehr und ich habe nie erfahren, was aus ihr geworden ist. Das Buch wäre daher die Geschichte eines vorgestellten und erhofften Lebens. Es wäre ein Liebesbrief, sowohl an meine Freundin als auch an den Ort, an dem wir gemeinsam aufgewachsen sind. Obwohl ich seit meiner Kindheit häufig in Lagos war, bin ich nur ein einziges Mal in Jos gewesen und dann, nachdem der Kampf zwischen Christen und Moslimen ausgebrochen war, gar nicht mehr. Ich hatte immer gehofft, mit Vater zusammen hinzufahren, aber nach seinem Tod brachte ich es nicht mehr über mich. Eines Morgens stand ich in meiner Küche in San Francisco, trank Kaffee, schlug meine Zeitung auf und sah auf der Titelseite eine Luftaufnahme von Jos, von Leichen in bunten Ankara-Stoffen. Aus der Ferne wirkten sie fast schön, verstreut wie Malstifte in einer großen Schachtel; bis ich die Schlagzeile las, genauer hinsah und entdeckte, dass einige verstümmelt waren und andere getränkt in ein dunkleres Rot als das der Stoffe. Der Text schilderte das Massaker bis ins kleinste Detail. Ich zweifelte, dass es meine Jocelyn war, aber was, wenn doch? In dem Artikel tauchte ihr Name auf, sie war Zeugin, sie hatte gesehen, wie die völlig verängstigten Menschen sich auf die Bäume geflüchtet hatten. Eigentlich hätten sie sicher sein sollen auf den Mangobäumen über dem dichten Baldachin aus Laub, wo wir uns früher als Kinder immer versteckt haben. Aber nein, laut dieser Jocelyn hatten die Wahnsinnigen sie ausgeräuchert – einige fielen brennend aus den Ästen. Es war der 11. September 2001.

Ich fing an, Geld in die Heimat zu schicken, für die Waisenkinder, auch wenn ich mir nicht immer sicher sein konnte, ob das Geld die am ärgsten Betroffenen überhaupt erreichte. Besser so, als tatenlos zuzusehen, dachte ich. Wie hatte so etwas passieren können, in meiner Heimatstadt – dem Ort, wo ich aufgewachsen war und den ich als warmherzigsten und großzügigsten Ort der Welt bezeichnet hätte, wo es für Eltern völlig normal war, auf fremde Kinder mit aufzupassen und sie notfalls zur Ordnung zu rufen; der Ort, wo man immer mehr als nur für den eigenen Haushalt kochte, falls zufällig jemand vorbeikam; der Ort, wo man alte Leute niemals in stickige Bretterbuden gesteckt hätte, um sie darin auf den Tod warten zu lassen; der Ort, wo Gemüseverkäufer ihren treuen Kunden einen *dash* mit Guaven, einen kleinen Flaschenkürbis mit Tomaten für den Eintopf am Abend oder eine andere Kleinigkeit schenkten; der Ort, wo die Leute »sorry« sagten, wenn jemand stolperte oder hinfiel oder sich verletzte: Es war der sprachliche Spiegel einer Kultur, die auf Empathie basierte und nicht darauf, wer schuld war; der Ort, wo Moslems Weihnachten feierten und Christen im Ramaden mit ihren muslimischen Brüdern und Schwestern zusammen das Fasten brachen; der Ort, wo erwachsene Männer sich an den Händen hielten und erwachsene Frauen Arm in Arm gingen; der Ort, wo die Begriffe »Cousin« und »Cousine« gar nicht vorkamen, weil alle Brüder und Schwestern waren; der Ort, wo man sonntags Freunde und Verwandte besuchte; der Ort, wo Hochzeiten, Beerdigungen, Namenszeremonien, Taufzeremonien, Schulabschlüsse, Unabhängigkeitsfeiern und Gouverneursfeiern opulent und stimmungsvoll begangen wurden;

der Ort, wo alle die Familie kannten, aus der man kam; der Ort, wo man dachte, die Art von Gräueltaten, die man aus dem Geschichtsunterricht kannte, die fremde Völker wie die Deutschen, die Russen, die Japaner, die Chinesen, die Nicaraguaner und die Buren begangen hatten, niemals einem selbst oder seinen Angehörigen passieren könnte. Bis sie eines Tages doch einem selbst passierten.

Und weil mir Joslyn nicht mehr fiktiv erschien, weil das gute Leben, das ich mir für Jocelyn und ihre Kinder erträumt hatte, mir jetzt so vermessen vorkam, legte ich das Manuskript ganz nach oben ins Regal, wo meine Protagonistin hoffentlich vor jedweder Gefahr geschützt wäre. Ich kehrte zurück in die Gesellschaft meiner altbekannten Schriftstellerfreunde und jener Figuren, mit denen ich über die Jahre so viele Studenten bekannt gemacht hatte. Erst konsultierte ich die *Stadt der Blinden* und *July's Leute,* denn wenn jemand zu überleben wusste, dann die Frau des Doktors und Maureen. Und danach ertappte ich mich dabei, wie ich in meinem Tagebuch neue Kapitel skizzierte und das Ende der Geschichten umschrieb, so dass es mit einigen der weiblichen Figuren, die in der Originalversion scheitern mussten, in meiner Version ein gutes Ende nahm. Mrs Manstey starb nicht bei einem Brand, Firdaus wurde nicht hingerichtet, und Magda verlor nicht den Verstand. Ophelia verlor nicht den Verstand. Diouna verlor nicht den Verstand. Tess verlor nicht den Verstand. Dasselbe gilt für Jane Eyre und Antoinette Cosway. Und wenn ich einer Geschichte neues Leben eingehaucht hatte, war ich zufrieden – bis zum nächsten Buch, dem ich wieder ein Kapitel hinzufügte oder aus dem ich eine Figur entführte und sie in einem anderen ansiedelte. Dennoch war es frustrierend für mich, Joslyns Geschichte nicht zu Ende geschrieben zu haben. Was ich brauchte, war eine großzügige Seele, eine Figur, die wirklich etwas verändern, etwas bewirken konnte. Jetzt also, wo ich im Bett liege und nichts Besseres zu tun habe, durchforste ich meine Gedanken nach neuen Charakteren. Ich überlege, welche Schicksale ich noch umschreiben könnte. Was, wenn Magda ihr Baby sicher in die Hände einer wohlmeinenden Deutschen hätte übergeben können? Irgendeiner fremden Frau, die die Kleine liebevoll aufgezogen hätte? Dieser Gedanke bestärkt mich nur in meiner Ungeduld, zurückzukehren zu den dicken Anmerkungen in Bleistift aus meiner Studentenzeit, und zu den dünnen Häkchen meiner späteren Jahre, um zu sehen, welche Figuren und Handlungsstränge ich noch mit meiner Geschichte verweben könnte.

Ich wünschte, ich hätte mehr als nur ein Buch eingepackt. Ich greife nach meiner Erdbebentasche, nur um nochmal nachzusehen, denn sie fühlt sich schwer genug an, es könnte ja noch ein Buch darin versteckt sein. Oder gar zwei? Wenn nicht, warum in aller Welt war das Ding so schwer? Wasser. Das musste ich mir fürs nächste Mal merken: Kein Mensch braucht so viel Wasser. Und was noch? Ich spürte etwas Dickes in der Innentasche, und als ich es hervorziehe, fällt es mir wieder ein. In der Innentasche stecken zwei Damenbinden, die großen Exemplare mit den Flügeln, und darin stecken mein britischer Pass und ein paar Hundertdollarscheine. »Was für ein Glück«, sage ich lachend. »Merk dir, Morayo: ein Reisepass. Tausendfünfhundert Dollar.« Und sollte es tatsächlich zu schlimmen Verletzungen kommen – was gibt es Besseres zum Stillen einer Blutung als eine Damenbinde?

9

Ich erinnere mich, dass ich Morayo schon öfters gesehen habe, zu Fuß unterwegs in Cole Valley. Wir haben nie miteinander gesprochen, aber einander zugenickt, zwei schwarze Leute, solidarisch. Ich hatte sie immer für eine Afroamerikanerin gehalten, bis ich sie hatte sprechen hören, und wegen des irgendwie britisch klingenden Akzents habe ich mich gefragt, ob sie wohl ebenfalls aus der Karibik kommt. Ursprünglich. Auf jeden Fall hatte sie Stil, das sah man sofort, an ihrer Kleidung und der Art, wie sie sich bewegte. Einmal habe ich sie in einem der Cafés in unserem Viertel sitzen sehen, vor sich eine Tasse Tee, ein Mandelcroissant und ein Buch. Ich stellte mir vor, wie ein Kellner ihr Räucherlachs, Trüffeln und Kaviar bringt. Nicht, dass das französische Café in der Cole Street solche edlen Sachen auf der Karte hätte, aber es schien auf einmal denkbar, so wie sie dasaß, groß und mit stolzer Haltung. Was für eine Überraschung also und was für ein Schock, sie wenige Monate später hier im Rehazentrum anzutreffen, in schlichter Hose und ausgeleiertem T-Shirt und so gar nicht schick. Es gibt Frauen, die man einfach nie vermuten würde in so einem Laden, als Patientin.

»Reggie Bailey mein Name«, sage ich, als wir uns im Flur begegnen.

»Morayo Da Silva«, entgegnet sie. »Freut mich.«

»Mich auch – darf ich Sie Morayo nennen?« Ich würde sie gern fragen, wie es ihr geht. Ob ich irgendetwas für sie tun kann. Aber ihr Physiotherapeut wartet, und ich habe ihn noch nie gemocht, diesen Mann, der sich als Frauenschwarm aufspielt. Also mache ich einen höflichen Bogen um sie und setze mich hin, um auf meine Frau zu warten.

Meist versuche ich rechtzeitig im Heim zu sein, um mit Pearl zu frühstücken und den Tag mit ihr zu verbringen. Nach dem Abendessen fahre ich mit dem Bus zurück nach Hause. So ist es nicht ganz so teuer, und ich spare mir die Sucherei nach einem Parkplatz. Obwohl ich fast jeden Tag hier bin, habe ich ein schlechtes Gewissen. Die Schwestern sagen, das sei gar nicht nötig. Sie sagen, es sei manchmal einfacher, wenn ich nicht da sei, und ich weiß, sie haben Recht, zumindest dann, wenn Pearl gewaschen wird, aber das ändert nichts an meinem schlechten Gewissen. Monatelang habe ich mich selbst um sie gekümmert, und wenn wir zu zweit waren, war sie immer friedlich. Ich weiß natürlich, die Krankheit folgt keinem Muster, die Zickzackwege, die sich durch das Hirn meiner Frau fräsen, haben nichts Rationales, aber das ändert nichts daran, dass ich mir trotzdem logische Erklärungen wünsche. Und obwohl Pearl an guten Tagen immer gesagt hatte, ich müsse unbedingt ein neues Leben ohne sie anfangen und lediglich unsere schönen Zeiten in Erinnerung behalten – ich würde es niemals über mich bringen. Ich an ihrer Stelle würde auch nicht alleingelassen werden wollen. Und ich weiß, wenn sie ein Mensch wäre, der seine Meinung sagen würde, anstatt immer nur an die anderen zu denken, hätte sie darauf bestanden, dass ich bleibe.

Ich sitze im Garten, während Pearl gebadet wird. Gleich, wenn sie fertig sind, gehe ich wieder rein. Sie wird sauber sein und keinerlei Erinnerung an das Bad haben. Aber so lange warte ich in der Sonne auf der Bank mit Blick auf den Eingang. Die Leute kommen und gehen, sobald der Summer ertönt, werden sie von der Frau am Empfang durchgeschleust, die mit dem Rücken zur Außenwelt sitzt, ihre Nägel feilt und SMS schreibt. Sie sitzt den ganzen Tag an diesem Telefon. Den lieben langen Tag. Sie wird im Alter gut klarkommen, sie wird einfach genau dasselbe machen wie jetzt.

Es gibt einen Hintereingang für Lieferanten, aber dies ist der repräsentative Haupteingang für Besucher und Ärzte. Manchmal, wenn ich die Neuankömmlinge beobachte, bin ich versucht, sie darauf hinzuweisen, wie schlecht das Heim organisiert ist. Ich würde den Leuten gern ausreden, hierherzukommen, vor allem, wenn sie gemein oder schrullig wirken, um Pearls willen. Ich denke an Morayo und frage mich, ob sie verheiratet ist. Ich frage mich, wer sie hier besucht. Ich habe sie mit Kindern gesehen. Enkelkindern?

Ich werfe einen Blick auf meine Uhr, Viertel vor zehn. Inzwischen werden sie fertig sein mit Pearls Bad. Sie werden sie mit zwei weißen Handtüchern abtrocknen, und dann werden sie sie anziehen und ihr die Haare bürsten. Sie werden sie auf einen Stuhl setzen und ihr Gesicht einpudern, dann Rouge auftragen, zwei schräge Streifen über den Wangenknochen oder den ehemaligen Wangenknochen, wo jetzt mehr Haut als Knochen ist. Dann wird sie sich einen Lippenstift aussuchen dürfen, und sie wird beim Auftragen der Farbe kichern, denn Pearl presst gern die Lippen zusammen, das macht die Sache nicht leichter. Pearl wird lächeln, wenn sie sich anschließend im Handspiegel bewundern darf. Nach dem Baden mache ich Pearl jedes Mal ein Kompliment, das auch für die Schwestern gilt, die aufmunternd lächeln, während ich mir auf die Zunge beiße, um nicht zu fluchen. Oder zu heulen. Aber jetzt wärmt mir die Sonne die Haut, also bleibe ich noch etwas sitzen. Ich drücke den Tennisball, den ich immer bei mir trage. Hätte ich drei Stück davon, würde ich's vielleicht mit Jonglieren versuchen, aber mit einem Ball heißt es drücken und loslassen, drücken und loslassen.

Ich lasse den Blick über die Blumenbeete schweifen und frage mich, warum hier anstelle der Blumen kein Tennisplatz gebaut oder zumindest eine Tischtennisplatte aufgestellt wurde. Beim Gestalten von Altenheimen müssen die Architekten ausschließlich an Frauen gedacht und vermutet haben, dass Frauen den ganzen Tag nur dasitzen und andächtig ins Grüne schauen. Pearl hat lieber Tennis gespielt, als Gartenarbeit zu machen, deswegen hatten wir immer einen Nutzgarten mit Gemüse und Kräutern und kaum Blumen. Ich sehe sie vor mir, Pearl in ihrem kurzen weißen Faltenrock. Ich sehe, wie sie meinen Aufschlag erwartet, wie sie sich hin und her wiegt wie Billie Jean King, wie sie's übertreibt, um mich zum Lachen zu bringen, mich aus dem Konzept zu bringen. Ich war der bessere Spieler, aber sie war cleverer, sie war in allem cleverer, und beim Tennis war es ihre Strategie, mich so lange herumzuscheuchen, bis ich nicht mehr konnte. Ich lache in mich hinein und schüttele den Kopf.

Pearl hat sich nie geschminkt – nur ab und zu die Augen, aber keinen Lippenstift, kein Rouge. Sie war auch ohne Make-up schön. Oft gelingt es mir, den bunten Lippenstift und das Wangenrot wieder wegzuwischen, das die Schwestern bei ihr so hübsch finden. Es ist eine seltsame Geste negativer Intimität, aber unsere einzige in diesen Tagen, außer wenn wir händchenhaltend dasitzen wie eines der jämmerlichen alten Paare in der Hochglanzbroschüre des Heims.

Ich kann nicht behaupten, ich hätte mir noch nie gewünscht, dass Pearl stirbt, nicht nur um ihretwillen. Ich träume davon, in den Armen einer Frau zu liegen. Berührt zu werden. Wieder begehrt zu werden. Erkannt zu werden. Mir keine Sorgen machen zu müssen über das, was andere eines Tages über das hier denken könnten oder jetzt schon denken. Ich fürchte mich vor dem Tag, an dem es heißt, ich dürfe sie nicht mehr anfassen, denn man könne ja nicht wissen, ob sie einverstanden sei. Ich habe auch Angst vor dem Tag, an dem ich sie nicht mehr so anfassen *will.* Weil dieser Tag längst gekommen und wieder vergangen ist. Ich drücke meinen Tennisball fester und fester, bevor ich loslasse.

10

Die Jungs sind im Bett, und Ashok und ich machen uns wieder an die Arbeit. Wie jeden Abend unter der Woche. Ashok sitzt am Küchentisch an seinem Computer, prüft Rechtsurkunden und schreibt Mails, und ich räume die Küche auf. Zum Glück gibt es heute jede Menge Reste, und ich muss den Jungs keine Pausenbrote schmieren. Ich verteile die Nudeln auf zwei Tupperdosen und bestreue jede Portion mit Parmesan – etwas mehr für Zach und etwas weniger für Avi, der ein schlechter Esser ist. Dann bewundere ich meine Kreation – Vollkornfusilli, rosa und grün gesprenkelt mit Pancetta und Zucchini. Noch immer spiele ich mit dem Gedanken, mein kulinarisches Talent zu Geld zu machen. Dabei finde ich Yoga im Moment viel spannender, auch wenn Ashok und seine Familie darüber nur die Nase rümpfen. Ashok lässt mir zwar freie Hand, sagt er, aber ich weiß genau, dass er mich am liebsten wieder in der Uni sehen würde. Status spielt für ihn eine große Rolle, und mit einer promovierten Frau könnte er viel besser angeben als mit einer, die eine Ausbildung zur Yogalehrerin macht. Eigentlich paradox, da Yoga ja eigentlich den Bogen zu Indien schlägt – aber vermutlich nicht so, wie es seine Luxusfamilie gern hätte. Ich nehme ein paar Kirschtomaten aus dem Körbchen, schneide sie in der Mitte durch und drücke sie kunstvoll zwischen die Nudeln. *Schnapp, schnapp,* fertig ist das Lunch. Rein in den Kühlschrank, und dann noch für jeden einen Pink-Lady-Apfel dazu.

»Schokolade?«

Ashok reicht mir den Riegel, ich breche mir ein Stück ab und gebe ihm den Rest zurück. Seine Schultern sind verkrampft, ich massiere ihm den Nacken und schmiege mich von hinten an ihn. Erregt schiebt er seinen Laptop weg und zieht mich an sich, um mir einen richtigen Kuss zu geben.

»Geh nicht«, sagt er, umfasst meine Taille und zieht mich fester an sich.

»Ich geh doch gar nicht«, flüstere ich, »Es ist nur …«

Er runzelt die Stirn, und ich winde mich aus seinem Griff heraus.

»Ich versuche doch nur, Morayo mit diesen ganzen Unterlagen hier zu helfen«, erkläre ich und breite sie auf dem Küchentisch aus. Ashok nickt, aber ich weiß, dass er enttäuscht ist. Ich frage mich, ob ich ihm erklären soll, dass es nicht daran liegt, dass ich keine Lust habe, sondern daran, dass ich den ganzen Tag für andere da gewesen bin und jetzt dringend ein bisschen Zeit für mich brauche. Aber wir haben dieses Gespräch schon öfter geführt, also bleibe ich bei Morayo. »Hast du schon mal was von einem *Abdul Rahim Centre for Rights to Education* gehört? Ich kann im Internet nichts dazu finden und mache mir Sorgen, weil Morayo anscheinend ziemlich viel Geld dorthin überwiesen hat.«

»Klingt eher nach Betrug«, murmelt er.

»Aber nur, weil es im Internet nichts dazu gibt, muss es doch nicht gleich was Fragwürdiges sein, oder? Sie ist immerhin Nigerianerin, vielleicht ist es ja eine kleine Firma, und ein Verwandter hat den Kontakt hergestellt? Es muss sich doch irgendwo was finden lassen.« Ich klopfe mit dem Bleistiftende auf die Küchentheke und denke weiter nach. Vielleicht hat Ashok Recht. Vielleicht bin ich zu verspannt. Vielleicht müssen wir einfach nur öfter miteinander schlafen. Vielleicht sollte ich mir weniger Gedanken darum machen, rechtzeitig aufzustehen, um die Jungs zur Schule zu bringen. Sollen sie doch ab und zu mal zu spät kommen. Sollen sie Cheerios essen statt French Toast. Sollen sie mit ungekämmten Haaren und ungeputzten Zähnen zur Schule gehen. Aber jetzt mal ehrlich. Ordnung schaffen ist das, was ich am besten kann. Es ist das, was ich bin.

Als Morayo mich bat, ihr Testamentsvollstrecker zu

sein, lachte ich und sagte, dass sie eher mich überleben würde. Sie sei doch topfit mit ihrer Lauferei und ihrem Yoga. Aber klar, sagte ich dann, kann ich machen. Also habe ich das Testament gelesen und erleichtert festgestellt, dass Morayo mir keinen Cent vererbt hatte. Ihr gesamtes Geld sollte gemeinnützigen Zwecken zukommen. So soll's sein, sagte ich zu mir. Und doch hatte ich immer ein wenig Hoffnung, dass sie mir doch ein kleines Geschenk hinterlassen könnte. Nicht, dass ich es nötig hätte, ich sehnte mich nur nach etwas eigenem Geld. Ich würde es auf unser gemeinsames Konto legen, und dann würde ich stolz zu Ashok sagen: »Und, was sagst du jetzt!«

Ich finde Morayos Testament im Aktenschrank und beginne es durchzusehen, während ich zurück in die Küche gehe. Nirgends ist die Rede von einem Abdul Rahim Centre, Nigeria kommt gar nicht vor, außer dort, wo es heißt: »Bei Unzurechnungsfähigkeit oder im Todesfall soll mein geschiedener Ehemann Caesar Da Silva benachrichtigt werden.« Ich starre gedankenversunken auf die erste Seite, wo Morayo als »Bürgerin der Stadt und des Bezirks San Francisco, Kalifornien« aufgeführt ist. Wenn man bedenkt, wo Morayo überall auf der Welt gelebt hat, muss das sicherlich komisch sein für sie, so was zu lesen, oder die Zeile, wo es heißt, sie sei ledig und kinderlos. Einmal hat sie mir erzählt, wie sehr sie sich Kinder gewünscht hätte. Ich stelle mir vor, dass das schlimm für sie gewesen sein muss.

»Findest du nicht, dass du schon genug für sie getan hast?«, fragt Ashok und blickt von seinem Laptop hoch.

»Nicht im Vergleich zu dem, was sie schon alles für die Jungs getan hat.«

»Ich weiß, Schatz«, sagt er seufzend, »und ich bin sehr dankbar dafür, aber sie muss doch noch andere Freunde haben, die ihr helfen können, oder?«

»Keine engen Freunde, denen sie ihre Rechnungen anvertrauen würde. Niemand sonst, der hier lebt.«

»Warum nimmt sie sich nicht einen Treuhänder?«

»Einen Treuhänder? Spinnst du?«

»Ich meine doch nur.«

»Was meinst du? Dass ich sie im Stich lassen soll? Meinst du etwa das?«

»Du weißt genau, was ich meine.«

»Was meinst du denn?«

»Ich meine nur, du kannst nicht ewig alles für sie machen. Du hast ein großes Herz, Sunny, aber du kannst nicht immer alles für alle machen. Kein Wunder, dass du ständig so müde bist.«

»Gut, wenn du nicht willst, dass ich so müde bin, kannst du ja vielleicht mal ein bisschen mit anfassen. Vielleicht ab und zu mal Wäsche waschen? Die Kinder zur Schule bringen. Sie abholen. Oder zumindest mal deine Socken aufheben. Das wär doch schön.«

Ashok schließt die Augen und schüttelt erschöpft den Kopf, und noch bevor er sagt: »Hör mal, Schatz, es tut mir leid, dass du mich für einen schlechten Ehemann hältst«, weiß ich genau, was er denkt. Er denkt: *Das kommt also, wenn's vorbei ist mit der Schokolade und den Küssen. Gibt es nichts, was ich tun kann, um dich glücklich zu machen? Denkst du auch nur einen Augenblick darüber nach, wie es für mich ist? Wie es ist, ganz alleine eine Familie zu ernähren? Derjenige zu sein, auf den sich alle verlassen?*

»Ich hab nie gesagt, dass du ein schrecklicher Ehemann bist«, sage ich schroff, »du weißt genau, dass ich das nicht gemeint habe. Ich hab nur gesagt, es gibt sonst niemanden, der Morayo hilft. Und schon gar nicht in Nigeria, der über ihre Angelegenheiten hier Bescheid wüsste.«

11

Mindestens tausendmal muss ich dem Hausdiener gesagt haben, er soll mich während der Mahlzeiten mit Telefonanrufen in Ruhe lassen. Und schon steht er wieder am Tisch und erzählt mir, dass jemand namens Sunshine am Apparat sei.

»Sie soll eine Nachricht hinterlassen«, schimpfe ich. »Wie oft soll ich dir noch sagen, du sollst mich nicht stören, wenn ich beim Essen bin? Und schon gar nicht, wenn ich mit meinem ehrenwerten Freund hier beim Essen bin.«

»Aber, *Sah*…«, sagt Solomon unsicher.

»Was?«, sage ich barsch und blicke verärgert auf die Eba-Kugel, die ich noch immer in der Hand halte – und die inzwischen kalt geworden ist. Mein Diener ist mir heute schon mehrmals auf die Nerven gegangen. Heute Morgen musste ich auf mein Frühstück warten, und sein Obstsalat hatte nach Zwiebeln geschmeckt, das heißt, er hatte die Küchenmesser nicht ordentlich abgewaschen. Was war los? Hatte er einen anderen Job gefunden? Das wiederum wäre mir gar nicht recht. So ärgerlich Solomon manchmal sein kann, verlässliche

Hausdiener sind in Lagos rar gesät. Also reiße ich mich zusammen und sage, diese Sunshine habe zu warten wie jeder andere auch, außer der amerikanische Präsident. Was soll das überhaupt für ein Name sein? Sunshine!

»Ja, *Sah,* ich werde ihr sagen, sie soll eine Nachricht hinterlassen.«

»Herrjemine«, sage ich seufzend und schüttele den Kopf, als mein Freund über Salomon lacht, der eilig davonhastet. »Manchmal fragt man sich wirklich, was im Kopf dieser Leute vorgeht. So, wo waren wir stehengeblieben?« Und gerade will ich mein Eba in die Soße tunken, da taucht Salomon schon wieder auf.

»Verzeihung, *Sah,* aber die Person, um die es geht, ist Ihre Frau.«

»Dann soll sie eben für meine Frau eine Nachricht hinterlassen!«

»Aber …«

»Aber was?«

»Die Nachricht ist nicht für Mrs Da Silva. Nicht für Madam.«

»Herrgott nochmal!« Ich zerre an meiner zu eng gebundenen Serviette, um sie abzulegen. Ich zerre und zerre und schiebe den Arm meines Freundes weg, der mir helfen will. Das Letzte, was ich will, ist, dass er mitbekommt, wie nervös ich bin. »Bring mir das Telefon ins Büro«, sage ich zornig zu Salomon, kämpfe weiter mit meiner Serviette und versuche gleichzeitig, das Zittern meiner rechten Hand zu verbergen. Als ich im Büro bin, reiße ich dem Hausdiener den Hörer aus der Hand und bedeute ihm, die Tür hinter sich zu schließen. Was ich dann am anderen Ende der Leitung höre, ist ein amerikanischer Akzent, und ich verstehe fast kein Wort. Ich versuche mein Hörgerät einzusetzen, doch meine Hand zittert wie verrückt, und das verdammte Ding kreischt so laut, dass ich es lassen muss. Ich brülle in den Hörer, die Person möge lauter sprechen. Endlich, nachdem die Frau eine Ewigkeit gebraucht hat, um mir mitzuteilen, dass Morayo nicht tot ist, kehrt meine Stimme zurück.

»Wer sind Sie, warum rufen Sie mich aus Amerika an? Sie stellen sich nicht richtig vor, und dann erzählen Sie mir, dass meine Exfrau im Krankenhaus liegt. Fängt man so ein Gespräch an? Und was soll das für ein Name sein, ›Sunshine‹? Nein, jetzt hören Sie mir zu. Ich sage Ihnen, rufen Sie niemals jemanden an, ohne sich vorzustellen, ohne die Dinge vernünftig zu erklären, ohne die Dinge in einen Zusammenhang zu stellen, bevor Sie erzählen, dass Soundso einen Unfall hatte. Eh? Hören Sie? Hätten Sie nicht gleich sagen können: Sie ist auf dem Weg der Besserung? Stattdessen höre ich nur ›Unfall‹ und ›Krankenhaus‹, was soll man denn da denken? Dass jemand mich mitten in der Nacht aus Amerika anruft, um mir zu sagen, dass meine Frau, meine Exfrau, tot ist? Und ich weiß immer noch nicht, wer Sie sind. Wer sind Sie überhaupt, warum muss ich mich so aufregen? Sind Sie die Krankenschwester oder was?«

»Bitte, Caesar, lassen Sie mich doch antworten –«

»Exzellenz, wenn ich bitten darf.«

»Exzellenz, ich rufe nur an, um zu fragen, ob Sie vielleicht helfen könnten. Ich habe mich gefragt, ob Sie eine der Organisationen kennen, denen Morayo Spenden schickt oder über die letzten Jahre Spenden geschickt haben könnte.«

»Was?«

Völlig verdattert sitze ich da, ich bin fassungslos, dass diese Frau die Dreistigkeit besitzt, mich einfach anzurufen! Was soll das! Wie kommt sie dazu, mich über Morayos Angelegenheiten auszufragen? War sie eine Betrügerin? War das irgendeine Masche? Morayo und ich haben seit Jahren keinen Kontakt mehr, auch wenn ich gerade an sie denken musste, wie immer in der Zeit um ihren Geburtstag. »Ich Idiot«, murmele ich plötzlich. Warum habe ich die Frau nicht einfach um ihre Nummer gebeten? Ich hätte nicht so unhöflich sein dürfen. Diese Woche erst hatte ich Morayos Namen gegoogelt, um zu sehen, ob es Neuigkeiten gab, und dann habe ich nachgeschaut, ob ihr Buch noch erhältlich war. Ich erinnere mich, wie stolz sie auf ihre erste Publikation war, ein Jahr nach ihrem Abschluss. Auch ich war stolz auf sie, aber auch eifersüchtig, weil sie in ihrer neuen akademischen Welt lebendiger wirkte als in unserem vermeintlich gemeinsamen Diplomatenleben. Dass ich sie nicht ermutigt hatte, war mein Fehler. Nur ging mir mein Fehler erst auf, als es zu spät war. Eines Tages verkündete sie, aus dem Nichts, dass sie gehen werde. Ich kam von der Arbeit nach Hause, und da stand sie mit gepacktem Koffer. »Na, dann geh doch!«, rief ich mehr aus Betroffenheit als aus Wut. Jahrelang hatte ich ihr die Schuld für unsere Trennung gegeben; auf die Frage, warum sie gegangen sei, sagte ich immer, sie habe einen Nervenzusammenbruch gehabt, genau wie ihre Mutter, ausgelöst durch den Tod ihres Vaters. Es war einfacher, ihr die Schuld zu geben, als zuzugeben, dass ich sie im Stich gelassen hatte, vor allem in dem Moment, als Gerüchte über vergangene Affären aufgekommen waren. Man munkelte, Morayo sei nach San Francisco gezogen, weil sie sich in eine Frau verliebt hatte. In dem Fall hätte ich ohnehin nichts tun können, um unsere Ehe zu retten. Wenn sie sich von Natur aus zu Frauen hingezogen fühlte, was würde es dann für eine Rolle spielen, dass ich bereits verheiratet war, dass ich mit ihr keine

Kinder zeugen konnte oder dass sie sich nicht für meinen Beruf interessierte? Es bedeutete, dass ihre anfängliche Zuneigung zu mir wohl einen anderen Grund hatte als Liebe. Vielleicht sah sie mich einfach nur als Mittel zum Zweck – als eine Möglichkeit, aus Nigeria wegzugehen, im Ausland zu leben, die Welt zu bereisen. Doch tief im Herzen habe ich immer gewusst, dass die Schuldfrage nicht so einfach zu lösen war. Gerüchte hin oder her, es gab Zeiten, da war unsere Liebe echt, das wusste ich. Ich erinnere mich an ihre komische Art, durch die Nase zu lachen. Die Augenbrauen. Schelmisch. Sinnlich. Ich erinnere mich an die Wärme ihrer Hände und die Kälte ihrer Füße. Diese Füße, die meine Füße unter der Bettdecke gejagt haben. Mehr als fünfzehn Jahre waren wir zusammen, Morayo und ich. Und nach unserer Trennung hat sie nie wieder geheiratet. Ich dachte immer, sie würde es tun, aber nein. Als ich ein Ziehen unter den Lidern bemerke, kneife ich die Augen zusammen und klopfe instinktiv die Brusttasche meines Hemdes ab, um meine Tropfen zu finden. Ich lege den Kopf in den Nacken, will mir die Augen befeuchten, und ich wundere mich. Meine Augen tränen ganz von alleine.

12

»Gott segne dich, mein Herz, Gott segne dich«, sage ich immer wieder, weil Sunshine hier ist und mir Bücher mitgebracht hat. »Gott segne dich!« Ich sehe, dass sie immer noch steht, und ich sage, sie habe die Wahl zwischen der Kommode und dem schmuddeligen Sessel. Ich kenne meine Freundin mit ihrem Hygienefimmel und muss lächeln, als sie sich schließlich neben mich auf die Bettkante hockt. Sie wird Angst haben vor Keimen, doch womöglich auch besorgt sein um meine Hüfte, also demonstriere ich, wie stark ich bin, indem ich mein Gewicht von links nach rechts verlagere, ich zeige ihr, dass sie sich keine Sorgen machen muss. Dann sage ich, wäre sie früher gekommen, hätte sie den Mann kennengelernt, der für meine schnelle Genesung verantwortlich sei. Ich schildere meine letzte Sitzung mit dem Physiotherapeuten, damit sie weiß, wie sehr er beim Ausrichten meiner Hüfte um Diskretion bemüht ist. Ich erzähle ihr, wie er mich höflich auffordert, die Pomuskeln zusammenzukneifen, als wisse er um meine Angst, bei den Übungen versehentlich einen Wind abgehen zu lassen. Ich mag alt sein, aber ich habe nicht vor, nach Herzenslust zu furzen und zu rülpsen. Wenn es sich denn vermeiden lässt. Sunshine lacht, und ich sage, der arme Mann müsse sich bei so einer alten Frau wie mir keine Sorgen machen. Ich würde schließlich niemals seine Berührungen für Flirtversuche halten oder überhaupt mit ihm flirten wollen. Wobei Letzteres nicht stimmt. Ich flirte sehr wohl, wenn ich Witze mache über meine knarzenden Knie und steifen Gelenke und dennoch auf ein Kompliment hoffe. Und auch wenn ihm das vielleicht bewusst ist, sonne ich mich in seinem Lob und mache pflichtschuldig alle Übungen, die er mir aufgibt, und sogar noch mehr.

»Wären wir uns vor zwanzig Jahren begegnet«, sage ich zu Sunshine, »hätte der Mann sich sofort in mich verguckt. Ein Blick auf meinen knackigen Po und meine kurvigen Hüften, und es wäre um ihn geschehen gewesen. Er hätte sich meinen Namen auf die Brust tätowieren lassen.«

»Und du? Wohin hättest du dir seinen Namen tätowieren lassen?«, fragt Sunshine lächelnd.

»Ach, na ja, wenn, dann unter meinen Daumen. Symbolisch«, sage ich schmunzelnd. »Apropos, er hat mir tatsächlich angeboten, mich mit seinem Tätowierer bekannt zu machen.«

»*Du* willst ein Tattoo?«

»Aber ja.«

Sunshine wirkt entsetzt. »Du meinst, während ich die ganze Zeit versuchte, Zach von einem Tattoo abzubringen, bist du, seine ehrenamtliche Großmutter, drauf und dran, dir eins stechen zu lassen?«

»Du gehst also davon aus, dass ich noch keins habe.«

»Hast du denn eins?«

»Nein«, sage ich lachend. »Aber, weißt du, als ich jung war, hatten alle ein Tattoo. Damit meine ich die Zeichnungen im Gesicht, aus denen man ablesen konnte, wo die Leute herkamen. Also kein Tattoo im modernen Sinn, wobei wir auch davon ein paar hatten. Manche Frauen hatten grüne Tätowierungen auf der Innenseite der Arme. Alles eine Form von Körperschmuck. Als ich zur Welt kam, fing man an, die Gesichtszeichnungen und die Liebestätowierungen für primitiv zu halten. Ich wollte ein Tattoo, durfte aber keins haben. Und jetzt sind Tattoos überall, alle malen sich etwas auf den Körper.«

»Und du willst immer noch eins? Im Gesicht?«

»O nein, mein Herz, nicht im Gesicht. Da sind zu viele Falten. Für ein gutes Tattoo braucht man elastische Haut. Aber mein Körper hat jede Menge andere schöne Stellen.«

»Zum Beispiel?«

»Zum Beispiel wirst du abwarten müssen«, sage ich lächelnd. »Und jetzt erzähl, wie geht es dir und meinen untätowierten Jungs?«

Manchmal mache ich mir Sorgen um Sunshine inmitten ihrer Männer. Ich mag Ashok, aber ich fürchte, Sunshine ist zu leicht zu beeinflussen und zu nachgiebig. Ich sehe etwas von meinem jüngeren Ich in Sunshine und versuche sie zu ermutigen, mehr zu ihrer Meinung zu stehen. Aber ich will sie auch nicht bevormunden.

Als Morayo fragt, wie es mir geht, sage ich, gut. »Wobei Ashok immer noch ständig auf mich einredet, ich soll wieder anfangen zu studieren.« Ich zögere in der Hoffnung, Morayo werde mir Recht geben, dass ich mich von Askok nicht unter Druck setzen lassen soll wegen der Studiererei. Aber sie schweigt beflissen, also erzähle ich weiter von den Jungs. Ich erzähle ihr von Avi und seinen Neujahrs-›Revolutionen‹, worauf sie lachen muss. Dann erzähle ich, dass Zach jetzt im Ruderverein sei, dass ich ihn drei Mal die Woche frühmorgens nach Marin bringen und wieder abholen müsse. Ich nehme mein Telefon aus der Tasche, um ihr ein paar neue Fotos zu zeigen. Morayo hat anscheinend mitbekommen, dass ich kurz nach der Uhrzeit geschaut habe, und sie sagt, ich müsse mich nicht verpflichtet fühlen, zu bleiben. Zerknirscht beharre ich darauf, dass ich nicht in Eile sei.

»Ich weiß, Herzchen«, sagt sie. »Ich suche nur nach einem Vorwand, um die vielen wunderbaren Bücher zu lesen, die du mir mitgebracht hast.« Sie zwinkert mir zu und wirft einen Blick in die Tasche. »Auster und Angelou, wunderbar, und was ist das?«, fragt sie, während sie mit fragendem Blick die anderen Bücher betrachtet. »Was ist das denn hier? Liebesschmonzetten?« Sie zeigt auf den Schuber.

»Das frag ich dich«, sage ich lächelnd. »Die hab ich auf deinem Nachttisch gefunden.« Ich glaube, Morayo tut nur so erstaunt, aber nein, wie es scheint, sagen ihr die Hefte wirklich nichts.

»Ah«, sagt sie kurz darauf. »Die müssen von der Putzfrau sein. Hast du Tina jemals kennengelernt? Gott segne sie. Sie wusste, dass ich Bücher mag, und sie hat mir immer welche mitgebracht, nur leider von der falschen Sorte. Hätte ich sie weggeworfen, hätte sie's bestimmt gemerkt. Aber vielleicht sollte ich sie doch mal lesen, jetzt, wo du sie mitgebracht hast. Was meinst du?«

»Du hast eine Putzfrau?«

»Ach, mein Herz, das war einmal, vor langer Zeit. Und ich weiß. Ich weiß, bei mir zu Hause ist es gerade etwas chaotisch, aber ich habe ja viel Zeit zum Nachdenken. Komisch, weißt du, wenn man älter wird, stellt man fest, dass man seinen Eltern immer ähnlicher wird. Ich erinnere mich noch, als mein Vater pensioniert wurde, saß er nur zu Hause und hatte kaum zu etwas Lust, außer zum Radiohören. Er konnte nichts wegwerfen, und so hat sich immer mehr Zeug angesammelt. Du hast also Recht, es könnte nicht schaden, in meiner Wohnung ein wenig auszumisten, vielleicht sogar mal wieder eine Putzfrau durchzuschicken, da kümmere ich mich drum, versprochen.«

»Also, genau genommen hab ich das teilweise schon für dich erledigt.«

»Ach, Sunshine! Das wäre aber nicht nötig gewesen!«

»Nein, schon gut. Es ist nur, dass es sehr vieles gab in der Wohnung, das liegengeblieben war. Zum Beispiel war da ein Brief vom Kraftfahrzeugamt, erinnerst du dich daran? Ein Haufen Rechnungen und auch ein paar Kontoauszüge von der Bank. Einige davon fanden wir etwas besorgniserregend, Ashok und ich.«

»Ja«, fährt Morayo dazwischen. »Ich glaube, ich weiß, was du gesehen hast. Die Spenden an eine Wohltätigkeitsorganisation, die sich als betrügerisch entpuppt hat?«

Ich nicke und bin erleichtert, dass sie immerhin Bescheid weiß.

»Das war dumm von mir, Sunshine, und obwohl mir die Sache sehr peinlich ist, bin ich froh, dass du jetzt Bescheid weißt. Ich bin sogar erleichtert. Ich hätte vorsichtiger sein sollen, aber ich kümmere mich drum, mein Herz. Ich habe schon mit meiner Bank gesprochen, es kommt nicht wieder vor.«

»Es muss dir überhaupt nicht peinlich sein; Gott weiß, wie viele Peinlichkeiten ich dir über die Jahre anvertraut habe. Aber du hättest uns davon erzählen sollen, wir hätten helfen können. Ashok hat doch ständig mit so was zu tun.«

»Ich weiß, Sunshine. Ich passe sonst immer genau auf, aber mit dieser einen E-Mail haben sie mich einfach gekriegt. Sie sah überhaupt nicht verdächtig aus – keine komischen Rechtschreibfehler, keine allzu förmliche Begrüßung, es kam mir also gar nicht in den Sinn, dass das mal wieder ein Trick sein könnte. Und du weißt, wie sehr mich das alles mitnimmt, was zurzeit in Nigeria passiert. Bei dieser E-Mail habe ich wirklich geglaubt, sie sei echt. Ich dachte, das Geld ginge an die Opfer. Und als mir mein Fehler aufging, nun, da wollte ich dich nicht damit behelligen. Du hast schon genug am Hals. Ich verspreche dir, von jetzt an passe ich besser auf.«

»Aber ich bin doch immer für dich da, Morayo, und Ashok auch.«

»Ich weiß, mein Herz, und ich bin dir sehr dankbar dafür, wirklich.«

»Hör mal«, sage ich und ergreife meine Chance. »Du hast doch gerade gesagt, deine Wohnung könnte mal wieder aufgeräumt werden. Das heißt, es liegt nicht nur an meinem Putzzwang, stimmt's? Also hab ich einen Bekannten gebeten, mir dabei zu helfen, ein bisschen bei dir aufzuräumen, solange du noch im Krankenhaus bist. Ein bisschen was auszumisten von dem Zeug, das du nicht mehr brauchst.«

»Welches ›Zeug‹?«

»Na ja, hauptsächlich alte Unterlagen. Nur leider gab es dabei ein kleines Missverständnis, und ein paar deiner Bücher wurden weggeworfen, aber nur ganz wenige.«

»Meine Bücher!«, ruft Morayo.

»Nur ein paar. Und nur die, die zerfleddert waren. Außerdem hattest du Mäuse in deiner Wohnung, Morayo, und sie haben deine Unterlagen und sogar ein paar Bücher angefressen.« Ich zögere, doch als ich ihre verstörte Miene sehe, rede ich einfach weiter. »Ich hatte Francisco gebeten, die alten Unterlagen zu entsorgen, weil sie in sehr schlechtem Zustand waren. Weißt du noch, letztes Jahr haben wir doch alles mal durchgesehen? Aber dann war es leider so, dass –«

»Du hast Sachen weggeworfen, ohne dass ich dabei

war!«, ruft sie, und ihre Miene verfinstert sich vor lauter Fassungslosigkeit.

»Ich wollte es nicht, Morayo, aber es war alles so verdreckt, und ich habe einfach gedacht, es wäre hilfreich.«

»Hilfreich?«, donnert sie. »Aber konntest du nicht warten? Wie in aller Welt solltest du wissen, was mir wichtig ist und was nicht? Das ist mein Leben, Sunshine! Meine Bücher!«

»Es tut mir leid, Morayo, es tut mir leid. Ich wollte nur helfen. Du hast einfach so viele Bücher. Von einigen hast du sogar mehr als eine Ausgabe.«

»Natürlich habe ich das! So wie du Dutzende von Yogahosen und Lippenstifte und Schuhe hast! Wie fändest du es denn, wenn jemand dein ganzes ›Zeug‹ durchwühlt und alles wegwirft, was er für doppelt oder überflüssig hält? Nur weil *du* nie mehr als ein einzelnes Buch kaufen würdest, heißt das noch lange nicht, dass das für alle gilt, verdammt nochmal! Es heißt noch lange nicht, dass ich nicht meine Gründe dafür habe!«

»Es war nicht so gemeint«, stammele ich. Noch nie habe ich sie so schimpfen hören. »Wie gesagt, es tut mir leid. Und danach hab ich mein Bestes getan, um die Sachen wieder zu beschaffen. Ich weiß nicht, was ich sonst sagen soll.«

»Was nützt mir deine Entschuldigung? Wie soll mir das helfen? Es war einfach nur rücksichtslos von dir. Dumm und gedankenlos.«

»Gedankenlos?«, rufe ich und schnappe mir meine Tasche und meinen Autoschlüssel. »Meinetwegen, dann bin ich eben dumm und gedankenlos, und du solltest dir einen Treuhänder suchen!«

13

Erst kann ich nichts anderes tun, als auf die zugeknallte Tür zu starren. Dann stoße ich einen so gequälten Laut aus, dass Bella mich draußen gehört haben muss.

»Was ist passiert?«, ruft Bella panisch und kommt ins Zimmer gelaufen. Sie zupft an der Bettdecke, die ich mir über den Kopf gezogen habe. »Sind Sie gestürzt?«

»Nein«, presse ich hervor und drehe ihr widerwillig mein Gesicht zu, das ich in meinem Kopfkissen vergraben hatte. »Alles in Ordnung.«

»Ist Ihre Freundin schon wieder weg?«

Ich nicke und gebe mir alle Mühe, nicht wieder loszuheulen. Bella nimmt meine Hand. »Tut mir leid«, sagt sie. »Wissen, Sie, manchmal ist es gut, wenn man weint. Lassen Sie's raus.«

Und dann sagen wir einige Minuten lang beide nichts mehr: Ich schluchze, und sie drückt mir die Hand. Und dann sagt Bella, dass Gott mich liebt, worauf mir fast schon wieder die Tränen kommen.

»Ich glaube, es spielt eine Rolle, ob man an Gott glaubt«, sagt sie, »denn Leute ohne Gottvertrauen haben es viel schwerer, wenn sie alt werden, weil sie dann so wütend sind. Alles geht ihnen gegen den Strich, und sie verstehen die Welt nicht mehr.«

Ich nicke, bei ihren Worten muss ich an meinen Vater denken.

»Ich denke darüber nach«, sagt sie, »in meinem Heimatland etwas aufzubauen, wissen Sie, einen Ort, wo man alt werden kann. Aber etwas Besseres als das hier, denn in meiner Heimat, in Nicaragua, hat man natürlich die Sonne und das gute Essen, man hat schöne Musik und schöne Blumen, und Bücher, wissen Sie.« Sie steht auf, um die Bücher zu sortieren, die sie unter meiner Bettdecke gefunden hat. »Sie müssen mich unbedingt in meiner Heimat besuchen kommen.«

»Mit größtem Vergnügen, Bella«, sage ich und gebe mir alle Mühe, heiter zu wirken, indem ich vorsichtig beide Beine aus dem Bett schwinge.

»Und heute gehen Sie mal runter zum Abendessen, ja?«, sagt Bella und tätschelt mir die Hand.

»Ich versuch's.« Ich ringe mir ein Lächeln ab. Schluss jetzt mit Trübsal blasen, sage ich zu mir. Schluss mit Zweifeln. Ich darf mich nicht entmutigen lassen. Ich muss einfach nur bald nach Hause und mich um das Kraftfahrzeugamt, die Bank und meine Wohnung kümmern. Als wir uns umarmen, umhüllt mich ihr süßer Duft.

»Dulce y Cabana«, sagt sie, als ich sie danach frage, und an ihrem Lächeln sehe ich, dass sie weiß, dass ich weiß, was es damit auf sich hat. Sie weiß, dass es Geld und Stil suggeriert. Sie hat mir erzählt, dass ihr Leben nicht immer so schwer war wie heute. Dass sie in New York gelebt hat, in Midtown Manhattan, wo sie sich viele Dinge hatte leisten können, sogar eine Putzfrau. Sie hat mir auch erzählt, sie habe ein abgeschlossenes Studium, genau wie ihre Brüder und Schwestern, von denen einige in Managua große Villen besäßen.

»Dulce y Cabana«, wiederhole ich und ahme Bellas absichtlich falsche Aussprache nach. »Liebliche Hütte, das passt doch.« Und da klingelt das Telefon. »Meine Freundin«, flüstere ich und halte den Hörer zu. »Es ist Sunshine.«

»Sunshine ist gut!«, flüstert sie zurück und winkt mir auf Wiedersehen.

Ich entschuldige mich bei Sunshine, ich sage, ich hätte nicht so mit ihr schimpfen dürfen. Ich gebe zu, dass ich überreagiert hätte und dass ich entgegen allem Anschein ihre Bemühungen zu schätzen wisse. »Bücher kann man nachkaufen«, sage ich und hoffe, sie hat auch nur die geringste Vorstellung davon, wie schwer mir dieser Satz fällt. Aber anscheinend nicht. Und obwohl ich plötzlich genug habe von dem Geschluchze am anderen Ende der Leitung, versuche ich dennoch, die Vernünftigere von uns beiden zu sein, schließlich wird das von mir erwartet, in meinem Alter. Ich sage mir, Sunshine ist noch jung und hat mit ihren Kindern alle Hände voll zu tun. Ich bin älter und sollte klüger sein. Ich sollte verstehen, dass sie einfach nur leichtsinnig war und mich nicht hatte kränken wollen, nicht einmal, als sie das mit dem Treuhänder sagte. Aber sie weiß verdammt nochmal genau, dass ich mich nicht in die Hände von fremden Leuten begeben werde. Sie weiß genau, wenn es je dazu käme, würde ich lieber einen Weg finden, vor der Zeit meinen Hut zu nehmen. Sie weiß das. Und auch wenn ich verstehe, dass sie vorhin nur ungehalten war, habe ich jetzt kein Vertrauen mehr, dass sie meinen Wünschen nachkommen wird, wenn es mal so weit ist. Aber ich bin das Jammern leid, und nachdem wir aufgelegt haben, gehe ich ans Waschbecken und wasche mir das Gesicht. Es hat keinen Sinn, in Selbstmitleid zu versinken. Was passiert ist, ist passiert, und ich werde warten, bis ich zu Hause bin, um zu sehen, wie schlimm es tatsächlich steht. Seht die Vögel unter dem Himmel, sage ich zu mir. Seht die Vögel unter dem Himmel.

Zum Trost beschließe ich, mich fürs Abendessen hübsch zu machen. Ich denke an meine rote Lederjacke und suche im Kleiderschrank danach. *»Red-leather-*

yellow-leather«, flüstere ich und muss an einen Zungenbrecher aus meiner Kindheit denken. Aber wer immer für mich gepackt hatte, war nicht besonders einfallsreich. Die einzigen farbenfrohen Teile sind ein grünes T-Shirt und ein Walt-Disney-Pullover, und beides gehört mir nicht. Ich frage mich, ob meine Sachen vielleicht bei anderen Leuten im Schrank hängen. Und ich frage mich, ob dieses merkwürdige T-Shirt und der Pullover irgendwem gehören, der gerade verstorben ist. »Umso mehr ein Grund, mich in Schale zu werfen, solange es noch geht«, verkünde ich und suche mir eine Hose und eine weite Bluse aus, wenig schmeichelhaft. Aber nachdem ich meine Haare zu kleinen Knoten gedreht und meine Lippen angemalt habe, sehe ich ganz passabel aus. Antonio mochte immer meinen roten Lippenstift. Er bevorzugte Chanel. Dann mal los. Aber nein. Eine Sache fehlt noch. Ein Buch. So habe ich wenigstens etwas zu lesen dabei, falls ich Pech habe und neben einem Verrückten lande.

Als ich in den Speisesaal komme, klingelt ein Handy, und da es ein bekannter Klingelton ist, mache ich ein paar flotte Hüpfschritte und singe mit.

»Ain't nothin' but a hound dog
Cryin' all the time.«

In jüngeren Jahren hatte ich immer so meine Zweifel, wenn alte Leute von sich behaupteten, sie fühlten sich ›quietschfidel‹, aber hier bin ich nun und denke genau das. Meiner Hüfte geht es besser, und Elvis hat mich in Chablis-Laune versetzt. Jetzt stelle ich mir vor, ich würde statt einer schlichten Hose und Baumwollbluse eines meiner Cocktailkleider tragen – das gepunktete gelbe Chiffonkleid zum Beispiel. Oder besser noch, ich schwebte in meinem weißen Seidenkleid herein, das mit dem Goldbesatz an der Taille und dem offenen Rücken. Antonio liebte dieses Kleid – zum Glück wusste er nicht, dass es ein Geschenk von Caesar zum Hochzeitstag war. Der dunstige Speisesaal des Altenheims löst sich auf, und vor mir taucht das Foyer unseres Hauses in Chanakyapuri auf.

Von all unseren Botschafterresidenzen war mir dieses Haus das liebste, modern, mit einem tropischen Garten, der mich immer an Lagos erinnerte. Ich stehe in der Eingangshalle, geschmackvoll dekoriert mit Gemälden und Skulpturen. Caesar legte Wert darauf, in seinen Räumen die besten nigerianischen Künstler hängen zu haben, und weil er so ein gutes Auge hatte, besaßen wir Werke von Enwonwu und Onobrakpeya, noch bevor sie berühmt wurden. In diesem Haus richteten wir in den frühen 1970er Jahren unser erstes Staatsdinner aus, mit indischen Ministern, hochrangigen Geschäftsleuten und anderen Botschaftern. Ich habe persönlich alle Blumengestecke und Orchideen aus Papageienblumen arrangiert, und nun stehe ich also da und begrüße die Gäste, indem ich ihnen eine behandschuhte Hand reiche oder die Wange hinhalte. »Guten Abend, Sir. Willkommen. Willkommen, Madam, wie schön, Sie wiederzusehen. Exzellenz, es ist uns eine Ehre – bitte kommen Sie, ich mache Sie mit unserem Präsidenten bekannt.« Dabei habe ich die ganze Zeit mein Personal im Blick, das sich grazil durch die Menge unserer Gäste bewegt und würzige Kanapees auf Silbertabletts balanciert. Ich merke mir, wen ich miteinander bekannt machen sollte, und überlege, den einsamen Junggesellen umzusetzen, der nur deshalb eingeladen wurde, weil es sonst am Tisch ein Ungleichgewicht zwischen Männern und Frauen gegeben hätte. Anstatt ihn neben die Frau des Bankiers zu platzieren, wie es sich eigentlich gehört hätte, beschließe ich jetzt, ihn neben die hübsche Olivia zu setzen, die ihren Botschaftergatten mit seinen Endlosvorträgen gründlich sattzuhaben scheint. Und wie immer bei solchen Veranstaltungen geht der Abend mit oberflächlichem Geplauder weiter, bis die Männer sich zurückziehen, um die *wichtigen* Dinge zu besprechen und die Frauen zurückbleiben, um zu tratschen und sich über ihre Dienstboten zu beschweren. Dann habe ich mich immer davongeschlichen, um im Garten eine zu rauchen oder dem Puderraum einen längeren Besuch abzustatten, wo ich stets einen Gedichtband deponiert hatte. Es kommt selten vor, dass ich den Pomp dieser Abendveranstaltungen vermisse, doch heute sehne ich mich kurz nach dieser Zeit, als ich einen Raum betrat und wusste, alle drehen sich nach mir um. Als ich wusste, dass jeder meiner Bediensteten meinem kleinsten und diskretesten Wunsch nachkommen würde. Als ich wusste, dass ich als Gastgeberin eine gewisse Macht hatte, zumindest so viel, um mir einen Drink bringen zu lassen. Was spräche also dagegen, jetzt um ein Glas Wein zu bitten? Immer noch tanzend, bahne ich mir einen Weg an einen leeren Tisch, zunächst ohne zu bemerken, dass einige Leute losgerannt sind. Im Tumult, der entsteht, werde ich am Handgelenk gepackt. Ich denke sofort an ein Erdbeben und versuche unter einen Tisch zu tauchen. Dann werde ich hochgezogen.

»Meinen Rollator?«, frage ich. »Deswegen die ganze Aufregung?«

14

Ich saß schon mit Pearl am Tisch, da sah ich, was mit Morayo passierte – ich sah das Personal auf sie zurennen, ihre schockierte Miene und ihre Beschämung, in einen Rollstuhl gesetzt zu werden. Jetzt wurde sie an unseren Tisch gebracht, und ich weiß nicht, was ich sagen soll. Ob ich versuchen soll, sie zu beruhigen, oder ob ich einfach tun soll, als hätte ich nichts bemerkt, um sie nicht noch mehr in Verlegenheit zu bringen. »Machen Sie sich nichts draus«, sage ich unwillkürlich. »Die Belegschaft hat ständig Angst, dass sie verklagt wird. Das ist alles. Ich habe Sie schon problemlos durch die Flure spazieren sehen. Die ganze Panik ist völlig überflüssig. Und bitte entschuldigen Sie Pearl mit ihrem Geklatsche, sie ist immer etwas aufgeregt, wenn irgendwo was los ist.«

Als unser Essen da ist (heute ist es ein Currygericht), reiche ich Morayo den Korb Pappadam. Ich freue mich, dass es ihr schmeckt, und ich sage, das Essen sei immer besser, wenn der Aushilfskoch da sei. Der reguläre Koch sei gerade in Urlaub. Als sie mich fragt, woher ich das alles wisse, erkläre ich, dass ich seit fast einem Jahr hier esse. »Ich bin hier, um bei Pearl zu sein, sie hat Parkinson mit Gedächtnisschwund. Aber es geht ihr schon viel besser. Jetzt, wo sie in fachkundigen Händen ist.« Ich sehe Pearl an, aber da sie nicht zuhört, wende ich mich wieder zu Morayo. »Am schlimmsten für Pearl, na ja, im Grunde für uns beide, war es, als sie noch merkte, dass sie ständig Dinge vergaß. Das war sehr schwer, aber über dieses Stadium sind wir inzwischen hinaus, insofern ist der Stress nicht mehr ganz so groß«, füge ich hinzu, um möglichst heiter zu klingen, während mir nicht entgeht, dass Pearl angefangen hat, dem Mann auf der anderen Seite des Raums Kusshände zuzuwerfen.

»Das muss schwer sein«, sagt Morayo, »aber ich sehe, dass Sie eine sehr beruhigende Wirkung auf sie haben.«

»Lieb von Ihnen«, sage ich mit einem Lächeln, wohl wissend, dass Pearl manchmal weiter geht und sogar versucht, diese Männer zu küssen. Es ist nicht Pearls Schuld und es ist nicht ihre Absicht, mich zu kränken. Aber ich fühle mich trotzdem betrogen. »Sie nehmen's wohl auch mit Gelassenheit«, sage ich zu Morayo und hoffe, sie damit von Pearls Mätzchen abzulenken. »Sie haben sich gerade überhaupt nicht aus der Ruhe bringen lassen. Bei der ganzen Aufregung sind Sie entspannt geblieben.«

»Benommenheit trifft die Sache wohl eher«, entgegnet sie. »Zuerst dachte ich, wir hätten ein Erdbeben. Aber das Wort Gelassenheit gefällt mir gut. Es hat fast etwas Schwebendes. Gelassenheit.«

Verwundert sehe ich ihr zu, wie sie die Arme ausstreckt und tut, als würde sie fliegen. »Darf ich fragen, was Sie da lesen?«

»Es heißt *Winter Journal*«, sagt sie seufzend und zieht das Buch aus dem Seitenfach ihres Rollstuhls.

Und da ich nicht sicher bin, ob sich der Seufzer auf die Sache von vorhin bezieht oder darauf, dass sie ungern über das Buch reden will, murmele ich erneut, wie ärgerlich die Belegschaft manchmal sein kann.

»Heute ist einfach der Wurm drin«, sagt sie und drängt mir das Buch auf. »Paul Auster. Kennen Sie ihn?«

Ich schüttele den Kopf. »Leider lese ich kaum Romane, aber Pearl ja, also früher, und auf ihre Art tut sie's noch immer. Schade, dass sie in keinem Zustand mehr ist, sich mit Ihnen darüber zu unterhalten. Ich bin sicher, sie hätte den Autor gekannt«, sage ich, obwohl ich das Gegenteil vermute. Pearl hat immer gern Krimis und Liebesromane gelesen, doch dieses Buch sieht nicht danach aus. Nun, was ist schon dabei, Pearl als literarisch interessiert darzustellen, jetzt, wo sie durch ihre Demenz in einem derart infantilen Zustand ist. Und als wollte sie mir zustimmen, dreht Pearl sich wieder zu uns und beugt sich herüber, um einen Blick auf das Buch zu werfen. Wir betrachten es zusammen, und ich sehe ein paar Zettel zwischen den Seiten klemmen. »Sind das Ihre?«, frage ich, bevor mir klar wird, dass die Frage vielleicht ein wenig aufdringlich war.

»Ach, das sind nur ein paar Versuche, den Stil des Autors zu kopieren«, erklärt Morayo und will das Buch wieder an sich nehmen.

»Komm«, rufe ich Pearl zu, doch sie weigert sich, das Buch loszulassen, und steht plötzlich an Morayos Seite.

»Soll ich Ihnen was vorlesen?«, sagt Morayo zu Pearl.

Pearl lächelt, und Morayo sieht mich fragend an, weil sie nicht weiß, ob es das ist, was Pearl möchte. Doch als Pearl sich neben sie setzt und erwartungsvoll hochschaut, besteht daran kein Zweifel. Ich schäme mich sowohl für Pearls kindliches Verhalten als auch dafür, dass ich mich schäme, aber Morayo scheint es nicht zu bemerken. Sie lächelt Pearl an und fordert sie auf, eine Seite auszuwählen. Dann liest sie einen Abschnitt vor und erklärt uns bewundernd, wie der Autor sein Leben anhand der Geschichte seines Körpers darstellt. »Er hat mich dazu inspiriert«, sagt sie, »dasselbe zu tun, nur aus weiblicher Perspektive.« Und dann dreht sie sich zu Pearl und fragt, ob sie noch mehr hören wolle. Diesmal liest sie aus ihren Notizen. »Dein Körper«, beginnt sie, »der glücklich neben Büschen und Sträuchern hockt, der stutzt und beschneidet und Ausschau hält nach Käfern und Schildläusen. Dein Körper, der sich beugt, um die Matratze zu wenden, das Bett zu machen, Wäsche in die Maschine zu geben und sich dann den schweren Korb auf die Hüfte zu hieven. Dein Körper, der sich beugt und streckt, um jedes Teil in Form zu bringen und mit den Klammern, die du im Mund hast, an der Leine zu befestigen. Dein Körper als Mädchen, der Purzelbäume und Handstände machte und Räder schlug und in Mamas Schuhen umhertorkelte, die groß waren wie Kanus. Dein Körper«, aber da hört sie auf, als Pearl anfängt zu klatschen.

»Sie schreiben sehr schön«, sage ich zu Morayo. »Pearl denkt offenbar, der Text sei von ihr.«

»Na, das ist doch wunderbar!«, sagt sie lächelnd, während Pearl sich verbeugt und erneut Kusshände wirft. »Da merke ich wieder, wie sehr mir meine Studenten fehlen. Kann man sie allein lassen?«, fragt Morayo, die nun besorgt aussieht, da Pearl gerade davonschlendert.

»Kein Problem«, erkläre ich. »Heute ist Musikabend, und Pearl singt für ihr Leben gern. Und die Belegschaft hat sie im Blick, sehen Sie? Aber zurück zu den Büchern, könnten Sie mir nicht ein paar Tipps geben? Heutzutage habe ich jede Menge Freizeit, es würde mir guttun, mal was zu lesen.«

»Nun«, sagt sie lächelnd. »Ich war Englischprofessorin, meine Liste würde also recht lang ausfallen und zudem nicht sonderlich zeitgenössisch.«

»Das passt perfekt«, sage ich. »Ich bin selbst nicht gerade zeitgenössisch.« Plötzlich geht mir auf, dass ich solche Gespräche seit langem vermisse. Wie erfrischend, über Dinge zu reden, die nichts mit Schmerzen zu tun haben oder damit, wie weit fortgeschritten eine Krankheit ist. Krebs. Diabetes. Demenz. Und sie spricht so souverän über Literatur. Aber es ist nicht nur das Inhaltliche, das mich freudig stimmt: Es ist auch der leichte Singsang in ihrer Stimme und die Bedächtigkeit, mit der sie spricht. Wie sie ihre Worte mit Gesten untermalt. Sie hat schön manikürte Fingernägel, ein Zeichen von Stil und Eleganz. Sie nennt zuerst ein paar bekannte Werke, die ich teilweise in der Schule gelesen, aber seitdem vergessen habe. Und dann zählt sie ihre afrikanischen Lieblingsautoren auf, gefolgt von einigen aus der Karibik. Sie fragt, ob ich von dort komme.

»Ja, richtig geraten«, sage ich lächelnd. »Aus Guyana, aber ich fürchte, ich weiß sehr wenig über unsere Schriftsteller, nicht mal über die berühmteren aus der

Region wie Walcott und Rhys.« Ich hoffe, dass sie mich nicht für ungebildet hält. »Höchste Zeit, mal was davon zu lesen, die gibt's bestimmt auch hier in der Bibliothek.«

»Ich kann sie Ihnen auch gerne leihen«, sagt sie und hält einen Moment inne, bevor sie fragt, was ich beruflich mache.

»Was mache ich beruflich?«, wiederhole ich. »Tja, genau wie Sie bin ich im Wissenschaftsbetrieb. Gewesen, bevor ich in Rente ging. Meine Kurse drehten sich um politische und wirtschaftliche Entwicklung mit Schwerpunkt Karibik. Nur kann ich nicht behaupten, dass ich die Lehre sonderlich vermisse. Was mir allerdings fehlt, ist das wissenschaftliche Umfeld.« Und dann wechsle ich das Thema, da ich Angst habe, dass sie Fragen stellt. Ich will nicht zugeben, dass ich nie eine Professur hatte. Da Morayo besonders an meiner Herkunft interessiert zu sein scheint, erzähle ich ihr von meiner Kindheit und anschließend davon, wie Pearl und ich uns kennengelernt haben. Ihr Interesse schmeichelt mir, vor allem deshalb, weil ich zum ersten Mal, seitdem ich hier bin, nach meinem Leben gefragt werde. Ich bin so klug, das Gespräch nicht allzu lange um mich kreisen zu lassen. Ich weiß noch, wie meine Mutter mal sagte: »Bild dir bloß nicht ein, die Frauen würden dir an den Lippen hängen, Reginald.

Die meisten können's kaum erwarten, bis der Kerl endlich die Klappe hält.« Also frage ich sie, wie lange sie Professorin gewesen sei und was sie davor gemacht habe. Ich staune, wo sie überall auf der Welt gelebt hat. Sie erzählt mir, dass sie mit einem Diplomaten verheiratet war. Ich sage, dass mich das nicht wundere, bei ihrer vornehmen Art, doch sie besteht darauf, dass sie keine allzu geeignete Diplomatengattin gewesen sei.

»Na ja, zum einen konnte ich der Menüplanung nie sehr viel abgewinnen, und dem ganzen Protokoll, das man ständig beachten musste«, sagt sie, »insofern war ich als Gastgeberin nur halbwegs tauglich. Und solche Dinge waren damals sehr wichtig. Aber vor allem denke ich, ich bin einfach keine geborene Diplomatin.«

»Ist das denn schlimm?«

»Für die Frau eines Botschafters schon«, sagt sie seufzend, »fürs Unterrichten habe ich es eher als nützlich empfunden. Ich vermisse meine Studenten wirklich sehr. Haben Sie Kinder, Reggie?«

»Ich habe einen Sohn, Anthony. Er hat Betriebswirtschaft studiert und arbeitet jetzt bei Goldman Sachs; er hat viel mehr Grips als sein alter Vater. Und Pearl hat vier. Und Sie?«

»Nein, eigene Kinder nicht, wobei mir meine Studenten oft wie eigene Kinder vorkamen. Übrigens, Anthony ist ein schöner Name, finde ich.«

15

Natürlich musste ich an Antonio denken, als Reggie den Namen seines Sohnes erwähnte, und ich stellte mir gerade vor, wie schön es wäre, nochmal in jenen Teil der Welt zu reisen, als mir aufging, dass der Speisesaal sich geleert hatte. Wir waren die Letzten. »Wir sollten gehen«, sage ich. Bestimmt würde sich Reggie von seiner Frau verabschieden müssen, und ich sollte allmählich in mein Zimmer zurück. »Ach, ich denke, ich kann jetzt wieder laufen, meinen Sie nicht auch? Außerdem sieht mich ja keiner«, sage ich. Den elenden Rollstuhl hatte ich fast schon wieder vergessen. Doch da tritt Reggie galant hinter mich und bietet mir an, mich zu schieben.

»Sie sollten nicht selbst laufen, es könnte schließlich jederzeit ein Pfleger auftauchen«, sagt er. »Ich würde Sie ja Huckepack nehmen, aber Sie sind größer als ich.«

»Und schwerer!«, sage ich lachend. »Am Ende lassen Sie mich noch fallen, und dann möchte ich nicht sehen, was hier los ist! Aber nicht, dass ich Ihre Kraft anzweifle.«

»Natürlich nicht«, sagt er lachend. »Dafür sind Sie viel zu diplomatisch.«

»Sie sagen es! Herrje, ich kann mich nicht mal erinnern, wann mich zuletzt jemand Huckepack genommen hat!« Aber dann erinnere ich mich doch.

Es war in London, am ersten Oktober 1965, dem nigerianischen Unabhängigkeitstag. Ich war auf einer glamourösen Party der Crème de la Crème von Lagos, in deren Mitte Caesar stand – seinetwegen war ich dort. Wenige Wochen zuvor hatten wir uns im British Council kennengelernt, wo Caesar einen Vortrag gehalten hatte. Er war wie aus dem Ei gepellt in gestärktem weißen Hemd und verlockendem Aftershave – stets aufmerksam, der vollendete Diplomat, ja, er machte seinem imperialen Namensvetter alle Ehre. Er war so groß und so schlank und hatte so hohe Wangenknochen, und all das trug zu seiner Aura unangestrengter Verfeinerung bei. Es schien fast zu schön, um wahr zu sein, dass ausgerechnet ich seine Auserwählte war.

Nach der Party lud er mich in sein Hotel ein. Es regnete, und er hob mich auf seinen Rücken, um meine zierlichen schwarzen Samtschuhe vor der Nässe zu schützen; Schuhe, die ich mir eigens für den Abend gekauft hatte. Und während wir auf ein Taxi warteten, schlang ich meine Arme um seinen Hals und atmete seinen Duft ein – jedes Milligramm: Brylcreem, Aftershave und Zigaretten. Er lehnte sich zurück, um sich gegen meine Wange zu schmiegen, und ließ mich sanft auf seinem Rücken auf und ab federn. Später im Dorchester ließen wir uns federnd in das weiße Bettzeug fallen, während ich nervös den Atem anhielt. Es war mein erstes Mal, und das Quietschen des Bettgestells war mir peinlich, ich hatte Angst, dass man uns hören könnte. Niemand hatte mich vorgewarnt, dass ich bluten würde, und ich erinnere mich an Folgendes: wie Caesar ein Handtuch über das blutbefleckte Laken legte und mich dann in die warme Decke packte. Er hatte sich rechtzeitig zurückgezogen, also kein Grund zur Sorge, wie er liebevoll sagte. Aber natürlich hatte ich schreckliche Angst, und fortan schaute ich täglich nach, ob ich meine Regel bekommen hatte, und ich betete zu Gott, er möge mich wieder bluten lassen; mit einer Schwangerschaft brächte ich unsagbare Schande über meinen Vater. Spaßeshalber sagte Ceasar, dass er so oder so wahrscheinlich zu alt sei, um noch Kinder zu zeugen. Ich vertraute ihm damals bedingungslos, insofern kam es mir gar nicht in den Sinn, dass ihm Kinder deswegen so unwichtig waren, weil er längst welche hatte.

Nachdem ich schon einige Jahre mit Caesar verheiratet war, sagte er zu mir, ich hätte im Bett eine ›mütterliche‹ Art. Mütterlich. Von allen erdenklichen Begriffen wählte er ausgerechnet diesen. Es war wie ein Schlag in die Magengrube, oder besser gesagt, in die Gebärmutter. »Ich meine das nicht als Kritik«, hatte er hinzugefügt. »Es ist mir nur aufgefallen.« Da er mit mehr als einer Frau geschlafen hatte, konnte er sich solche Bemerkungen leisten, während ich, die ich immer nur mit ihm geschlafen hatte, tja, was wusste ich schon? Aber ich spürte, dass irgendetwas nicht stimmte an der Art, wie er mich küsste; wie seine Zunge mich immer mehr bedrängte, genervt von meiner Zurückhaltung, wie sie sich unbefriedigt in meinem Mund bewegte. Ich spürte in ihm ein Verlangen nach inständigerer und erotischerer Liebe, und ich fühlte mich schrecklich, weil ich nicht in der Lage war, sie ihm zu geben. Eines Morgens, als ich nicht weitermachen konnte damit, Vergnügen an unserem zweimal wöchentlich stattfindenden Paarungsakt zu heucheln, biss ich ihm so fest in die Lippe, dass er blutete, und anstatt aufzuhören und das Blut abzutupfen und die Wunde zärtlich zu küssen, heile, heile Gänschen, auf mütterliche Art eben, ignorierte ich die Wunde und stieß meine Zunge tief in seinen Mund. Ich wollte das so nicht. Ich wollte einen zärtlichen und geduldigen Mann, aber er verstand meine Wut als Leidenschaft und fuhr damit fort, seiner eigenen Fantasie Genüge zu tun. Wie sollte ich ihm klarmachen, dass die Art, wie er meinen Körper begehrte, mich wütend machte?

Antonios Zärtlichkeit dagegen und die Schüchternheit und Unsicherheit, mit der er mich hin und wieder zu berühren wagte, gaben mir das Gefühl, lebendig zu sein. Oft, wenn die halbe Welt dasaß und hingerissen Caesars Worten lauschte, lehnte ich mich weg und stellte mir irgendeinen fernen Planeten in einer fernen Galaxie vor, wo Antonio und ich uns begegnen und zusammen davonstehlen würden, und auch wenn wir es beim Küssen und Streicheln beließen, und immer in voller Bekleidung, heizte diese prolongierte Abstinenz unsere Lust aufeinander nur noch mehr an. Wir wussten beide, eines Tages würden wir weiter gehen, wir würden in irgendeinem hocherotischen oder romantischen Moment einfach sämtliche Gründe, die dagegensprachen, in den Wind schießen und es einfach tun. Vielleicht auf einem englischen Rasen oder an einem atemberaubenden Mittelmeerstrand, oder aus Nostalgie im Kino in der hintersten Reihe. Oder, ach was soll's, wir würden uns hinsetzen, wo wir Lust hatten. Wen's störte, der konnte sich ja wegsetzen. Oder lass sie bleiben und uns zuschauen; zwei verschlungene Körper, die sich gemeinsam bewegten, das Licht der Leinwand auf unserem Rücken. Am Ende aber war der

Ort, an dem wir uns zum ersten Mal liebten, natürlich weder glamourös noch gewagt, denn es geschah in Antonios gesichtslosem Pariser Hotel unter dem Hinweisschild zum Verhalten im Brandfall. Dort, in Zimmer 202, hinter dem hastig aufgehängten Türschild »Bitte nicht stören«, öffnete ich mein Kleid und ließ es zu Boden gleiten, bevor ich nach Antonio griff und ihn an mich zog. Sanft nahm ich ihn in die Arme und strich ihm über sein blassblaues Hemd, dann riss ich es ihm vom Leib, wobei ein Dutzend weiße Knöpfe ploppten wie Champagner, und wir taumelten wie ausgehungert auf den Teppich.

Während wir auf den Fahrstuhl warten, der uns hoch in unsere Zimmer bringen wird, fragt Reggie, dessen Hände auf der Rückenlehne meines Rollstuhls ruhen, was ich an meinem Geburtstag vorhätte.

»Intuition«, sagt er lächelnd, als ich ihn frage, wer ihm das erzählt habe. Dann aber deutet er auf das schwarze Brett neben dem Fahrstuhl, das ich nicht lesen kann, weil es zu weit weg ist, wo alle Geburtstage des Monats hängen, wie er sagt. »Die Küche wird Ihnen einen Kuchen besorgen. Sie müssen nur sagen, was Sie gern hätten. Sie können sogar die Anzahl der Kerzen bestimmen.«

»Na ja, in dem Rollstuhl hier fühle ich mich wie

101«, sage ich lachend. »Hoffen wir mal, dass die Kerzen reichen.«

Meinen Geburtstag hätte ich fast vergessen. Wie deprimierend, dass ich ihn womöglich hier verbringen muss. Ich werde doch hoffentlich nicht nächste Woche immer noch hier sein! Mein Physiotherapeut sagte, in ein paar Tagen dürfte ich nach Hause, und daran versuche ich mich zu halten. Kaum dass Reggie mich abgesetzt hat, mache ich mich, nur für den Fall der Fälle, noch einmal auf den Weg in den Speisesaal. Diesmal ohne Rollstuhl und auch ohne den verfluchten Rollator.

16

Im Altenheim zu kochen ist nicht besonders glamourös. Es ist nicht wie in irgendeinem Nobelrestaurant, wo Promis essen und Kontakte geknüpft werden. Eher das Gegenteil. Hier sind keine berühmten Leute, es sei denn, man zählt die Mutter von irgendeinem Opernsänger dazu, aber den hab ich noch nicht zu Gesicht bekommen. Opernmäßig kenn ich höchstens Pavarotti, und der ist tot, oder? Die Klientel hier ist durch die Bank unglamourös, und auch das Essen ist nichts, was einen vom Sockel haut. Nix Kaviar, nix Leberpastete, nix Trüffel, obwohl, jetzt wo ich drüber nachdenke, wär das doch eigentlich das optimale Essen für die alten Leutchen – muss man nicht groß kauen, alles leicht zu verdauen. Aber ich muss es schlicht halten, und das ist auch okay für mich. Ich hab schließlich nicht im Cordon Bleu gelernt. Ich hab bei meiner Mama gelernt und dann noch ne Ausbildung drangehängt. Aus ganz normalen Zutaten was richtig Geiles zaubern, das ist mein Ding. Wer einmal von meinem Essen probiert hat, ist süchtig danach. Außerdem sind die Erwartungen hier sehr niedrig; da ist ne Menge Luft nach oben.

Und, man hat wenig Druck – alle kriegen das Gleiche und zur gleichen Zeit. Ich muss nur gucken, dass ich im Budget bleibe und ausgewogene Mahlzeiten koche und niemanden krank mache. Alte Leute mit Durchfall, das ist nicht so geil. Der Direktor lässt mich wissen, wenn ich koche, gibt's keine Beschwerden – keine Zettel im Kummerkasten. Aber das muss er mir gar nicht sagen. Dass mein Essen gut ankommt, seh ich daran, wie wenig auf den Tellern bleibt. Ich bin hier der Starkoch. »Scheiße!«, sage ich erschrocken, weil plötzlich ne Frau neben mir steht, wie aus dem Nichts. Wie lange steht sie da schon, während ich mit mir selbst laber? »'tschuldigung, Ma'am, ich hab Sie gar nicht gesehen. Alles okay? Suchen Sie den Ausgang?«

»Ich wollte Sie nicht erschrecken«, sagt sie und sieht mich an, als hätte am Ende ich den Knall.

»Quatsch, Sie haben mich nicht erschreckt. Ich hab nur nicht damit gerechnet, das ist alles.«

»Ich wollte mich bei Ihnen für das Abendessen heute bedanken. Es war köstlich.«

»Danke«, sage ich lächelnd. »Das hat hier noch nie einer gemacht. Freut mich zu hören.«

»Was ist Ihr Geheimnis? Wie ich höre, sind Sie der beste Koch der Stadt.«

»Wegen dem, was ich gerade vor mich hin gelabert habe?«

»Nein, alle hier sagen das.«

»Echt? Na ja, ich mach gern die Leute glücklich, wie ich's halt am besten kann, mit gutem Essen. Übrigens, ich heiße Toussaint.«

»Freut mich, Toussaint«, sagt sie und schüttelt mir fest die Hand. »Ich bin Morayo. Ihr Name gefällt mir, Toussaint.«

»Tja, meine Mutter hatte die Idee. Sie war Geschichtslehrerin, so kam sie auf den Namen. Aber Sie sind nicht von hier, oder?«

»Nein. Ich bin hier nur in der Reha.«

»Ich frag nur, weil, Ihr Akzent hört sich anders an.«

»Ach so«, sie lacht, »ich dachte, Sie wollten wissen, ob ich hier im Heim lebe. Ich bin eigentlich aus Nigeria. Ursprünglich.«

»Echt? Afrika! Cool. Meine Mutter wollte immer mal mit uns in die Heimat reisen. Und, wie ist es da?«, frage ich und schalte das Radio aus. Dann überlege ich es mir anders und suche stattdessen nach einem anderen Sender. »Afrika hat mich immer total interessiert. Man hört so viel, aber eigentlich weiß man überhaupt nicht, wie's da wirklich ist.«

»Es ist wie überall, Toussaint. Es ist unglaublich, verrückt, wundervoll und frustrierend – und manchmal alles auf einmal.«

»Und voll mit Rassisten wie hier?«

»Nein. In manchen Teilen des Kontinents ja, aber nicht in Westafrika. Sie müssen unbedingt mal hinfahren, Toussaint.«

Und da, sie macht es wieder, sie spricht meinen Namen so schön aus, bevor sie mir weiter von Afrika erzählt. »Auf jeden Fall hätte ich da Bock drauf«, sage ich und lächle darüber, wie sie mit dem Fuß im Takt der Musik klopft. »Und gute Musik habt ihr auch bei euch in Afrika, richtig? Kommt Fela nicht von da?«

»Ain't no doubt about it«, singt sie und stimmt in das Lied aus dem Radio ein.

»Kennen Sie den Song?«, frage ich und drehe lauter, und ich sehe ihr dabei zu, wie sie sich in den Hüften wiegt und die Finger schnippt.

»Evelyn Champagne King!«

Sie ist aus ihren Schuhen geschlüpft, und ich sehe Zehenringe und frag mich, wie alt sie eigentlich ist. Das Top rutscht ihr ein bisschen von der Schulter, als sie nach rechts tanzt, und ein pinkfarbener BH-Träger kommt zum Vorschein. Staunend ziehe ich die Augenbrauen hoch: dass jemand in ihrem Alter noch so was trägt. Es macht mich ein bisschen an, ihren Bewegungen zuzusehen, überraschenderweise, erschreckenderweise. »Und, wie ist das Essen in Afrika?«

»Na ja, ich selbst kann nicht gut kochen, aber ich esse für mein Leben gern, und in ganz Afrika gibt es eine unglaubliche Fülle an ganz unterschiedlichen Speisen. Was Nigeria anbelangt, wir haben so viele Köstlichkeiten, ich wüsste gar nicht, wo ich anfangen soll. Oft kocht man sehr scharf, deswegen meine Begeisterung für Ihr Essen heute. Woher nehmen Sie Ihre Inspiration?«

»O Mann, ich würde so gern mehr reisen und mich noch mehr inspirieren lassen, aber ja, ich übernehme vieles von dem, wie meine Mutter früher gekocht hat, und durch Ausprobieren. Ich experimentiere ganz viel und erfinde meine eigenen Gerichte. Ich denke wohl viel drüber nach, was schmeckt und was alle unsere Sinne anspricht. Wie das Essen riecht und wie ich's auf dem Teller präsentiere. Und wenn ich zum Beispiel hier koche, versuche ich immer, die Beschränkungen miteinzubeziehen, ich kenn das ja alles von meiner Großmutter, die bei uns gewohnt hat. Wenn man ne Prothese hat, zum Beispiel, darf's nicht zu zäh sein. Wenn man ne schlechte Verdauung hat, darf's nicht zu scharf gewürzt sein, und wenig oder gar keine Zwiebeln. Ehrlich gesagt, hätte ich das Curry von heute Abend nur für mich gekocht, wär's viel schärfer geworden. Aber damit sie's auf jeden Fall alle vertragen, hab ich's einen Tick milder gemacht, aber so, dass es immer noch nach was schmeckt.«

»Dürfen Sie sich denn aussuchen, was Sie kochen,

oder gibt es einen festen Speiseplan, nach dem Sie sich richten müssen?«

»Na ja, meistens schreibt der Koch den Speiseplan für die Woche, aber wenn er nicht da ist, improvisiere ich anhand der Zutaten, die wir dahaben. Und ehrlich gesagt, der Speiseplan, den er macht, passt mir nicht so recht. Er ist langweilig und altmodisch. Ich versuche ihn meistens etwas abzuwandeln. So wie heute …« Ich lege eine Pause ein, um den Speiseplan zu holen und ihr zu zeigen, was ich meine. »Heute zum Beispiel sollte es grünen Salat mit Kräuterdressing, gegrillte Hähnchenbrust mit Kräutern, Quiche mit vier Sorten Zwiebeln und zum Nachtisch Apfeltarte geben. Aber hier, ich finde, man kann nicht zwei Mal was mit Kräutern und dann auch noch zwei Mal Tarte anbieten! Wo bleibt die Abwechslung? Außerdem sollte niemand hier vier Sorten Zwiebeln essen müssen, nicht mal eine Sorte, finde ich. Also hab ich's abgewandelt. Es ist wie 'n geschmackliches Mixtape: Die Songs kennt man, aber die Beats, Fade-outs und die Kombinationen sind von mir. Also gab's ein leichtes Currygericht und danach frischen Obstsalat. Und dann berücksichtige ich immer auch das Wetter und schau, dass die Kreationen dazu passen. Für das Geburtstagsessen nächste Woche, sehen Sie, hat der Typ fangfrischen Fisch mit Butternudeln aufgeschrieben, aber das klingt viel zu schwer. Und Fisch passt meiner Meinung nach echt nicht zu Nudeln, wenn ich ihn also nächste Woche auch noch vertreten soll, mach ich vielleicht Tacos mit Räucherfisch und danach ein nicht ganz so üppiges Dessert. Aber kein Pfirsich Melba, wie er hier vorschlägt. Nur weil die Leutchen alt sind, also jetzt nicht Sie, aber andere, muss doch das Essen nicht von gestern sein, oder? Vielleicht gibt's Schwarzwälder Kirsch oder irgendne Art Obsttorte.«

»Nun, wenn ich nächste Woche immer noch hier sein sollte, hoffe ich, dass Sie Dienst haben, ich habe nämlich Geburtstag.«

»Echt? Okay, also mach ich was richtig Besonderes. Was hätten Sie denn gern? Carrot Cake oder Schokokuchen? Ich kann auch Doughnuts oder Cupcakes, wenn Sie die lieber mögen.«

»Wissen Sie, was ich wirklich gern hätte, Toussaint?«

»Erzählen Sie«, sage ich und überlege jetzt, sie mit irgendwas aus ihrem Land zu überraschen, einer afrikanischen Obstsorte vom Muslim-Markt oder aus dem Asialaden.

»Was ich wirklich gern hätte, sind die Baklava von meiner Freundin Amirah. Ich müsste sie nur abholen lassen. Aber ja, die hätte ich am liebsten. Es sind göttliche Baklava. Sie wären begeistert, Toussaint.«

»Kein Problem«, sage ich. »Kriegen wir hin.«

»Fabelhaft«, sagt sie und zwinkert mir zu.

»Fabelhaft«, wiederhole ich, und fast automatisch zwinkere ich zurück.

17

Als er mich fragte, wie es in Afrika sei, habe ich ihm von den vielen wunderbaren Dingen erzählt und ihn genau wie meine Studenten daran erinnert, dass Afrika kein Land, sondern ein Kontinent sei und ebenso vielfältig, wenn nicht vielfältiger als Europa. Er sollte stolz sein auf das Land seiner Vorfahren. Ich wollte ihm klar machen, dass es Länder auf der Welt gibt, wo ein schwarzer Mann herumlaufen kann, ohne wegen seiner Hautfarbe Angst zu haben. Also erzählte ich Toussaint von den schönen Dingen – vom Wetter, vom Essen, von den spektakulären Landschaften, aber vor allem erzählte ich von der Herzenswärme der Menschen. Ich erzählte ihm, wie modern der Kontinent sei, dass es Shoppingmalls gebe wie in Amerika. »Wenn Sie also eines Tages mal hinfahren«, sagte ich, »dann sagen Sie mir Bescheid, ich schicke Ihnen ein paar Kontakte.« Kontakte, sagte ich, als wäre ich in seinem Alter, als würde ich seinen Slang sprechen – obwohl ich heutzutage niemanden in seinem Alter kenne, dessen Kontakt ich ihm schicken könnte. Ich wollte ihn nicht nur nach Nigeria einladen, sondern gleich auf den ganzen

Kontinent, als wäre der Kontinent mein persönliches Eigentum, meine Heimat. Ich wollte ihn einladen, als wäre er meine Familie, als wäre er mein Sohn.

Jetzt, wo ich im Bett liege, schließe ich die Augen, um mir noch besser mein Regal mit den Buchrücken meiner fiktiven Freunde vorzustellen. Ich mache mir im Kopf eine Liste der Bücher, die ich Toussaint leihen werde. Ich denke an James Baldwin, Ralph Ellison und Earnest Gaines sowie an C.L.R. James. Ich vermute, dass Toussaint schon von seiner Mutter gedrängt worden war, *Die schwarzen Jakobiner* zu lesen, das könnte ich mir also sparen. Und mit seinem Interesse an Afrika könnte ich ihm vielleicht einige Bücher über Nigeria geben. Ich habe mehrere über Fela. Und was war mit den Büchern zum Thema Kochen und Küchenchefs? Ich könnte ihm *Die hungrige Straße* leihen, und noch ein anderes Buch, eines von Zola, dessen Name mir entfallen ist. Oje, mein Gedächtnis. Vorausgesetzt, Toussaint hatte wirklich eine Leidenschaft fürs Kochen. Aber was, wenn nicht? Was, wenn er eigentlich gar keine Freude hatte an seinem Job? Was, wenn er nur kochte, um über die Runden zu kommen? Was, wenn er gern einen anderen Job hätte, einen besseren? Und während ich noch immer an ihn und an meine Bücher denke, schlafe ich ein.

Am nächsten Morgen lächle ich den hastig schwindenden Fäden meines Traums hinterher, dann mache ich mich auf die Suche nach Toussaint. Er ist nicht in der Küche, also gehe ich zurück in den Speisesaal und setze mich wieder zu Pearl und Reggie.

»Wo steckt unser wunderbarer Koch?«, wiederholt Pearl die Frage, die ich gerade Reggie gestellt habe.

»Er ist noch nicht da, Liebling«, erwidert Reggie.

»Wo ist er denn hin?«, fragt Pearl weiter.

»Ich weiß es nicht, Süße.«

»Süße?«, fragt eine andere Frau am Tisch.

»Honey honey, touch me baby, ah-hah«, singt Pearl.

»Honig?«, sagt die andere Frau und sucht auf ihrem Tisch nach dem Honig.

»Nein, Donna, niemand braucht den Honig«, erklärt Reggie. »Haben Sie Ihr HÖRGERÄT drin? Donna?«

»Honey honey, hold me baby, ah-hah.«

Das hier ist ein Irrenhaus, denke ich. Es ist der schiere Wahnsinn hier. Das Alter ist ein Massaker. Kein Ort für Schwächlinge. Kein Ort für Liebeslieder. Kein Ort für Träume. Kein Ort für erotische Träume von einem Mann, der halb so alt ist wie ich. Und weil ich in Gedanken bin, erkenne ich erst spät, was hinter mir los ist. Eine wütende Stimme holt mich zurück in die Gegenwart.

»Was fällt euch zu Schwarzen ein?«, ruft der Mann. »Entweder sitzen sie im Knast, oder sie laufen in schlecht sitzenden Hosen herum. Sie pöbeln, sie fluchen und sie sind gefährlich.«

»Das ist es, was Sie sehen«, ruft Reggie zurück, »weil Sie ein Rassist sind.«

»Es kümmert mich einen Dreck, was Sie sagen. Ich weiß nur, meine Enkelinnen können nicht mal mehr im Park spielen, weil sie Angst haben müssen vor all den schwarzen Gangstern.«

»Pass auf!«, sagt Reggie drohend und schiebt seinen Stuhl zurück. »Pass auf!«

Rasch strecke ich den Arm aus, ich will Reggie zurückhalten, damit er nichts Unbedachtes tut, aber er zeigt nur mit dem Zeigefinger auf den Mann, der wiederum mit dem Zeigefinger auf Reggie zeigt.

»Und was ist mit Pearl?«, rufe ich ihm hinterher.

»Keine Sorge«, ruft er. »Hier sind genug Weiße, die sich um sie kümmern.«

»Reggie«, rufe ich erneut und stehe auf, um ihm nachzugehen.

»Was«, sagt er schroff und schüttelt meine Hand von seiner Schulter. »Hören Sie, es tut mir leid. Es tut mir leid«, sagt er und dreht sich widerwillig zu mir um.

»Nein«, sage ich. »Nicht Sie müssen sich entschuldigen.«

18

Normalerweise hätte ich den alten Mann mit seinem Hass auf Schwarze einfach ignoriert. Ich weiß, dass es keinen Sinn hat, mit solchen Leuten reden zu wollen, aber an diesem Morgen ist aus irgendwelchen Gründen eine Sicherung bei mir durchgebrannt. Vielleicht lag es daran, dass Pearl immer wieder mit ihren albernen Liedern anfing oder dass Morayo sich zu uns gesetzt hatte und ich wegen Pearl und Donna kein normales Gespräch mit ihr führen konnte. Vielleicht hatte ich auch einfach nur Hunger. Aber wahrscheinlich war es eine Kombination aus allem, weshalb ich ausgerastet bin, als der Mann verkündete, und zwar laut genug, dass es der ganze Speisesaal mitkriegte, dass gewisse Leute einfach kein Verantwortungsgefühl hätten und dass das ›irgendetwas Kulturelles‹ sei. So hatte der alte Mann sich die Abwesenheit des Kochs erklärt, womit er nicht nur den Koch beleidigte, sondern alle schwarzen Menschen für unzuverlässig und unzivilisiert erklärte. Ich war so sauer, dass ich dem Mann eine geknallt hätte, wäre Morayo nicht dazwischengegangen. An diesem Tag bin ich früher nach Hause gefahren und habe für den Rest der Woche nicht mehr im Speisesaal gegessen, um dem Mann nicht über den Weg zu laufen. Und da ich gestern Abend bei dem Geburtstagsessen nicht dabei war, habe ich folglich Morayos Geburtstag verpasst.

Wenige Tage zuvor, als ich sah, dass Morayos Geburtstag bevorstand, hatte ich beschlossen, ihr ein Buch zu besorgen. Ich war in die Bibliothek gegangen und dachte, wenn mir etwas ins Auge fiel, würde ich es einfach mitnehmen und ihr schenken. Die Bibliothek wurde kaum benutzt, und es würde doch bestimmt nicht schaden, wenn ein oder zwei Bände auf diese Weise in die Hände einer Person gelangten, die sie wirklich zu schätzen wusste. Ich hatte mir sogar ein paar der afrikanischen Schriftsteller gemerkt, die Morayo erwähnt hatte, aber da ich keinen einzigen davon hier finden konnte, sah ich mich weiter um. Es gab jede Menge Krimis von Agatha Christie, die mich an meine Kindheit erinnerten. Aber so etwas ginge natürlich nicht bei einer Frau von Morayos Format. Nicht bei einer Englischprofessorin. Es gab eine Biografie über Mutter Teresa, die Pearl gefallen hätte, aber ich war mir nicht sicher, wie Morayo zu Biografien stand. Außerdem wäre so ein Buch vielleicht deprimierend, und ich sagte mir, dass das Buch meiner Wahl optimistisch und vorzugsweise ein Roman sein sollte, am besten von einem Nobelpreisträger. Da entdeckte ich *Liebes Leben* und wusste sofort, dass ich das richtige Buch gefunden hatte. Es war ein neues Buch, also würde Morayo es wahrscheinlich noch nicht haben. Und selbst wenn, würde sie bestimmt meine Wahl begrüßen. Also hatte ich das Buch mitgenommen und in Pearls Nachttischschublade gelegt. Und jetzt will ich es Morayo überreichen.

Niemand antwortet auf mein Klopfen, ich versuche es erneut.

»Hallo«, rufe ich, aber immer noch keine Antwort, ich spiele daher mit dem Gedanken, ihr das Buch vor die Tür zu legen. Ich habe keine Karte, woher soll sie also wissen, dass es von mir ist? Es ist noch früh am Abend, erst acht, also schiebe ich leise die Tür auf, nur um sicherzugehen. Der Raum ist still und die Tür auf der rechten Seite, ihre Badezimmertür, steht offen. Die Lichter sind aus, und gerade will ich wieder gehen, als ich sie im Raum entdecke. Wir erschrecken beide, aber sie offenbar mehr als ich, denn sie fängt an zu schreien, und sofort kommen Leute angelaufen, und der Raum füllt sich mit Menschen.

»Was ist passiert?«, fragen die Schwestern und Pfleger vorwurfsvoll.

»Ich weiß nicht, ich weiß es wirklich nicht«, sage ich beharrlich.

Später kommt sie und klopft leise an Pearls Tür.

»Tut mir leid«, sagt sie.

Sie hat ein Buch an sich gedrückt, aber wie ich sehe, ist es nicht das, was ich ihr besorgt habe. »Schon gut«, sage ich, denn was soll ich sonst sagen. Die Situation ist unangenehm genug, da Pearl schon im Bett liegt und wir draußen im Flur stehen und im Flüsterton dieses Gespräch führen müssen.

»Ich weiß, ich habe Sie gekränkt«, sagt Morayo und sieht mir fest in die Augen »Und es tut mir leid. Es tut mir sehr leid. Ich wollte keine Szene machen. Es war unangemessen, ich weiß, aber lassen Sie mich die Sache erklären.«

»Das müssen Sie nicht«, sage ich, aber Morayo besteht darauf.

»Erinnern Sie sich, als ich Ihnen neulich aus den Notizen in diesem Buch hier etwas vorgelesen habe?«

Ich schüttele den Kopf.

»Ich hatte es beim Essen dabei, erinnern Sie sich? Ich hatte Pearl ein bisschen was daraus vorgelesen.«

Jetzt erinnere ich mich wieder.

»Nun, einen Teil hatte ich übersprungen – also hier, bitte«, sagt sie und hält mir das Buch hin. »Ich möchte, dass Sie es lesen, das erklärt die Sache vielleicht.«

Ich zögere.

»Nein«, sagt sie, nimmt das Buch wieder an sich

und sieht an sich herunter, wo das Buch in ihrer Hand baumelt. »Ich sollte es Ihnen einfach erzählen.« Sie drückt das Buch erneut an ihre Brust. »Vor Jahren«, sagt sie und sieht mich an, »stand mal jemand, ein Nachbar, vor meiner Tür.« Sie hält inne, sieht aber diesmal nicht zur Seite. »Nichtsahnend habe ich ihn reingelassen, weil ich ihm vertraut habe. Aber ich hätte es nicht tun sollen. Das ist der Grund.«

»Tut mir sehr leid, das zu hören«, sage ich. »Tut mir leid.«

»Nein, nein, schon gut«, sagt sie, schüttelt den Kopf und wendet sich ab, um zu gehen.

»Morayo!«

Sie bleibt stehen und sieht sich um.

»Wenn ich darf, wenn Sie nichts dagegen haben, könnte ich trotzdem lesen, was Sie geschrieben haben?«

Ich lese es, während ich auf den Bus warte. »Dein Körper«, stand da, »der an deinem Schreibtisch sitzt und nachdenkt, den Kopf in den Händen. Bücher auf dem Tisch, Bleisteifte in deinem dichten Afro. Das leise Klackern deiner Finger auf der Tastatur, sie erinnern sich. Dein Körper, der von Krämpfen geschüttelt wird. Von Erinnerungen zermartert an deine Mutter, die tot in einer Blutlache lag.« Mein Gott, denke ich entsetzt und lese mir den Satz ein zweites Mal durch, bevor ich fortfahre. »Dein Körper, der auf der Toilette sitzt, die Arme eng um die Knie geschlungen, dein Körper, der sich an dein Regelblut erinnert, die Tropfen, die unter dir im Wasser der Schüssel rote Ringe bilden. Dein Körper, der Verstopfung hat. Deine Mutter, die sagt: ›So fühlt sich später Kinderkriegen an.‹ Dein Körper, der ahnungslos die Tür aufmacht, um den Nachbarn hereinzubitten. Dein Körper, der kämpft. Der ringt. Auf den man eindrischt. Dein Körper im Krankenhaus, exponiert und bloßgestellt. Dein Körper, der von Krämpfen geschüttelt wird, von Erinnerungen zermartert.«

»Es tut mir leid«, murmele ich. »Es tut mir so leid.«

»Dein Körper«, flüstere ich später am Abend, als ich im Bett liege und in Gedanken in meine Kindheit zurückkehre. Mein Körper, als Dreizehnjähriger in Georgetown, Britisch-Guayana, als ich anfange, mich für Mädchen zu interessieren. Mein Körper, der auf schmerzhafte Weise erfahren muss, dass man sich niemals in die Tochter eines Gouverneurs verlieben darf, egal wie nah man sich der Familie fühlt. Mein Körper erfuhr, dass ich ein Nichtsnutz sei; dass ich seine Tochter Rose nicht einmal anschauen durfte, denn sie war weiß, und ich, mein Körper, war es nicht. Aber da ich stolz war und mein Gesicht wahren musste, meinen Körper, war ich aus Protest in jenen Teil der Stadt gefahren, den man »Niggerhof« nannte, um meinen Freunden zu beweisen, dass ich über die Tochter des Gouverneurs hinweg war; dass sie mir egal war. Doch vor allem ging mein Körper dorthin, um Rose eifersüchtig zu machen. Jahre später sagte mir mein Instinkt noch immer: Verliebe dich nie in eine weiße Frau. Und dann lerne ich Pearl kennen, und was tu ich? Mein Körper hätte es wissen sollen. Er hätte wissen sollen, dass Pearls Kinder misstrauisch sein würden gegenüber einem schwarzen Mann ohne Geld, der ihre Mutter heiraten will. Es hätte mich nicht wundern dürfen, als die Kinder ihre Mutter meinetwegen verstießen, und wunderte mich doch. Und darum erinnerte sich mein Körper so genau, als der alte Mann neulich seine Schimpftirade losließ. Mein Körper wusste, dass der Mann, der von seiner Angst um seine Enkelinnen sprach, von meinem Körper sprach, wie es weiße Männer seit Jahrtausenden von den Körpern schwarzer Männer tun. Als Bedrohung. Als Vergewaltiger. Und dann, als die einzige schwarze Frau in diesem Heim von meinem schwarzen Körper hysterisch schreiend zurückweicht, hatte sich mein Körper von neuem erschlagen und gedemütigt gefühlt. Jetzt konnte mein Körper verstehen. »Ich verstehe, Morayo, ich verstehe.«

19

Tagelang fragten Reggie und ich immer wieder nach Toussaint, und wir fragten uns, was wohl mit ihm geschehen sei. Die Sorge um einen anderen Menschen entschärfte ein wenig die Befangenheit, die immer noch zwischen uns herrschte. Toussaint ließ sich aber nicht mehr blicken. Der richtige Koch kam zurück, und die Normalität hielt wieder Einzug im Good Life, soweit man in so einem Laden von Normalität sprechen konnte. Und als es hieß, ich würde endlich entlassen, tauschten Reggie und ich Telefonnummern aus. Wir versprachen einander, in Kontakt zu bleiben.

Ich war erleichtert über meine Entlassung, wobei ich kein gutes Gefühl hatte angesichts dessen, was mich zu Hause erwartete. Sunshine und ein Beschäftigungstherapeut sollten mich begleiten. Der Therapeut sollte feststellen, ob meine Wohnung den Sicherheitsbestimmungen entsprach. Also wappnete ich mich, wohl wissend, dass mich die beiden genau beobachten würden, sobald wir zu Hause waren.

Das Erste, wonach ich schaute, waren meine Bücher. Ich hatte diesen Moment gefürchtet, und ja, schon beim ersten Gang durch die Wohnung wurde mir schwer ums Herz. Die einzigen Bücher, die ich sehen konnte, waren die im Regal, und sie standen so ordentlich aufgereiht, dass meine Wohnung wie inszeniert wirkte, als stünde sie zum Verkauf. Hatte mir Sunshine auch das verheimlicht? Mein Herz begann zu rasen. Zwischen den Büchern hatte man Lücken gelassen und mit Deko-Objekten gefüllt – hier eine Vase, dort ein Foto. Sämtliche Bücher waren nach Größe geordnet: Die dicken Kochbücher standen neben den Wörterbüchern und die schmalen Gedichtbände neben den Kinderbüchern. Sunshine beobachtete mich und fragte, ob alles in Ordnung sei. »Alles in Ordnung«, sagte ich und biss mir auf die Unterlippe. Dann ließen mich Sunshine und der Therapeut einen Moment allein, um das Badezimmer nach Haltegriffen und anderen Sicherheitsaspekten zu überprüfen. Ich schnappte mir die Autoschlüssel von der Küchentheke, wo sie jemand hingelegt hatte, und schlüpfte aus der Tür. In der Lobby lief ich Li Wei in die Arme, der mir den jüngsten Packen Briefe überreichte. Er wusste nicht, dass ich weg gewesen war, und während er in den Tiefen seiner Tasche nach weiteren Briefen für mich kramte, erzählte er, dass sein Sohn jetzt Doktor sei.

»Genau wie Sie!«, sagte er, blickte hoch und bemerkte meine Tränen. »Aber Frau Doktor!«, rief er. »Was haben Sie denn?«

Doch ich wollte nicht, dass er mich weinen sah, also winkte ich ihm auf Wiedersehen, entschuldigte mich und eilte davon.

Eine Zeitlang saß ich da, und die Tränen rollten mir über die Wangen. Ich war froh, wieder hier zu sein, natürlich war ich das. Ich war sogar froh darüber, wie ordentlich meine Wohnung aussah, trotz der fehlenden Bücher; doch es war die Leere, die mich erschreckt hatte, verstärkt durch die vielen Karten – es waren mehr persönliche Briefe und Karten eingetroffen, als ich seit Jahren erhalten hatte. Aus Frankreich, Indien, Nigeria, und von Freunden, mit denen ich überhaupt nichts mehr zu tun hatte. Ich hörte die Stimme meines Vaters: »Sieh nur, was dein 75. Geburtstag dir Magisches gebracht hat! Denk daran, wie gut es dir geht, Morayo.« Und doch waren diese Freunde alle so weit weg. Es waren keine Freunde, mit denen ich über meinen Alltag sprechen konnte. Und was meine Freunde aus dem Bücherregal anging, sosehr ich sie auch liebte, es waren ja keine echten Freunde. Ich legte den ersten Gang ein und fuhr los, ohne Ziel, einfach nur Gas geben und fahren. Ich schaltete das Radio ein und fand einen Sender, auf dem ›Stayin' Alive‹ von den BeeGees lief, und ich drehte die Musik laut auf und kurbelte das Fenster herunter. Ich wusste, dass ich meine nächste Fahrprüfung nicht bestehen würde. Aber immerhin war ich am Leben: »Stayin' alive, stayin' alive, Ah ha ha ha stayin' alive«. Ich bog in die Oak Street Richtung Highway, vielleicht Richtung Flughafen. Ich wollte schnell fahren. Meine Augen schließen und spüren, wie mir der Wind ins Gesicht peitscht, immer schneller und schneller. In jüngeren Jahren träumte ich davon, so schnell zu fahren, bis ich die Kontrolle über den Wagen verlor. Frontal gegen etwas so Hartes – eine Backsteinmauer oder einen gepanzerten LKW – zu fahren, dass ich beim Aufprall sofort tot wäre. Ich hatte von einem schnellen Ende dessen geträumt, was eine Farce von einer Ehe war, und später vom Ende eines mühevollen Daseins als alleinstehende Frau, die von einem Dozentengehalt leben muss. Und nun kamen mir erneut diese destruktiven Gedanken, bis ich die obdachlose Frau entdeckte. Eigentlich sah ich zuerst den Rucksack und den Hund und dann erst die dünnen Arme und den traurigen, nach unten geneigten Blick. Ich bremste ab, fuhr einmal um den Block und hielt an der Stelle an, wo sie am Straßenrand saß. Ich parkte den Wagen und ging zu ihr.

»Alles in Ordnung?«

20

Ich brauche ein paar Minuten, bis ich antworten kann, weil, als die Frau fragt, ob alles in Ordnung sei, muss ich fast heulen. Dass mich jemand sieht und dass er anhält und sein Auto abstellt und mich fragt, ob mit mir alles in Ordnung sei, na ja, damit rechnet man nicht, verstehst du.

Erstens hab ich heute meine Tage. Zweitens bin ich abgeschleppt worden. Und drittens hab ich Liebeskummer. Aber von dem ganzen Mist erzähl ich nichts. Kann ja sein, dass sie's echt nur gut meint, aber ich hab die Frau noch nie in meinem Leben gesehen. Außerdem sind ihre Augen rot, sie sieht aus, als hätte sie selbst gerade geheult. Also erzähl ich ihr nur von meinem Vater. Dass er vor zwei Jahren gestorben sei und dieses Wochenende Geburtstag hätte, genau wie Jerry Garcia. Und dann sage ich, dass sie zusammen im Himmel sind und dass Jerry von meinem Vater Golfspielen lernt und dass Jerry und Papa zusammen Musik machen – mein Vater weiß ja, dass ich der größte Deadhead überhaupt bin, verstehst du. Und dann muss ich lachen, weil, die Vorstellung, wie mein Vater und

Jerry zusammen da oben sind, irgendwie macht mich das glücklich. Und sie muss auch lachen. Alles ist relativ, verstehst du.

Und wenn es Leute gibt, die glauben, ihr Zeug sei besser als meins, weil sie einen Musiker als Mann haben oder als Freund, dann sollen sie doch, verstehst du. Am Ende müssen wir uns doch alle die Frage stellen, was hab ich für mich selbst getan? Jeder von uns ist auf einer Reise, also, hat man sich zurückgezogen, um ne Runde in sich zu gehen, sich auf die Suche nach sich selbst zu machen? Kann man überhaupt alleine irgendwohin, verstehst du? Und ich hab mir bewiesen, total yogimäßig, dass ich das hier kann, verstehst du. Als die Frau mich also fragt, ob ich ne Wohnung hätte, sag ich, nein. Ich hab keine Wohnung. Aber mir geht's gut. Ich hab mein Auto (oder auch nicht, wurde ja abgeschleppt), aber normalerweise ja. Nett von ihr, mir ihr Auto anzubieten. Ich bin nicht sicher, ob sie's wirklich ernst meint, aber ihr Auto wäre sowieso nicht groß genug für mich und meinen ganzen Kram.

Ob ich mich sicher fühle? Als Frau? Denk ich nicht so drüber nach, sag ich. Wenn man das ausstrahlt, zieht man so was an. Also strahl ich einfach nicht aus, dass ich mich nicht sicher fühle. Ich weiß, hier draußen ist ganz viel Liebe überall. Es sind viele von uns hier draußen, und wir passen aufeinander auf. Ich höre sehr oft:

»Keine Sorge« und so was. Ich höre es durch die Bäume, wir verstehen uns, sie bewegen sich. Sie haben einen Pulsschlag. Alle Lebewesen haben einen Pulsschlag, also hab ich keine Angst. Nein. Man spürt die Aura. Ich hab noch mehr Brüder und Schwestern, die sind mir näher als mein Fleisch und Blut. Verstehst du? Ohne Kampf kein Fortschritt. Das ist mein Motto. Ich leb im Hier und Jetzt. Ich weiß, ich will wieder mit Yoga anfangen, aber ich will nicht in diese Klassen gehen, mit den Leuten in ihren Edelklamotten. Es ist nicht mehr dasselbe. Ich bin Mitglied beim Y, aber ich geh nicht in die Klassen. Ich dehne mich einfach für mich allein und so was. Ich lerne loszulassen.

Und anscheinend findet die Frau das gut, was ich sage, weil sie sagt, ich sei eine Inspiration, und dass sie auch loslassen will. Dann fragt sie, was ich da lese, und sie lächelt, als sie mein Buch über Afrika sieht. Sie sagt, sie kenne die Besitzerin sehr gut, vielleicht waren sie ja befreundet oder irgendwas, also muss ich ihr erklären, dass ich das verdammte Ding gefunden habe, sonst denkt sie noch, ich hätte es irgendwo mitgehen lassen. Dann erzählt sie, sie sei Englischprofessorin gewesen, vielleicht will sie damit sagen, dass ich wieder studieren soll. Aber eigentlich will ich heiraten, verstehst du. Einen richtig guten Mann finden. Und sie hört mir zu, sie hört mir genau zu, und am liebsten würde ich sie fragen, ob sie nicht meine Großmutter sein will, so ne Art spirituelle Großmutter, weil, sie strahlt so eine Ruhe aus, und ich fühl mich schon besser, einfach nur dadurch, dass wir reden. Und dann fragt sie nach meinen Tattoos.

Was wollen Sie wissen?, frage ich. Na ja, dieses hier ist ein Om, erkäre ich. Ich fand's schön, und der Buchstabe bedeutet mir sehr viel. Und als mein Vater gestorben ist, frag ich so, wo soll's hin, Papa? Und plötzlich fasse ich mir ans Fußgelenk, passte perfekt, verstehst du. Man muss auf die Zeichen achten, weil, sie sind da, verstehst du. Ganz einfache Sache. Dieses hier hab ich, weil ich den Zen-Buddhismus liebe, weil ich mich mehr damit beschäftigen will. Dieses ist chinesisch und heißt »Das Beste kommt noch«. Das da ist ein Lied, das mein Vater liebte. Dieses hier ist mein Zweitname, Rachel, was »kleines Lamm« auf Hebräisch heißt, und ich hab mir einen Löwen dazumachen lassen, weil ich mich auch als Löwin sehe. Dieses hier ist von Angelina Jolie geklaut, ein Tribal. Genau, ich hab's ihr nachgemacht. Dies hier ist ne Klamottenmarke, Free People. Das hier ist ne Halskette, und das an meinem Handgelenk ist ein Halstuch. Klamotten. Ja, ich liebe Mode. Damit meine ich jetzt nicht Mode in dem Sinne, sondern einfach nur, schöne Sachen zu kombinieren. »So wie Sie«, sag ich, weil ich ihre bunten Sachen und den Turban total schön finde. Sie sagt, sie hätte noch ganz viele Stoffe aus Afrika. Ob wir nicht zusammen einen Klamottenladen aufmachen wollen? Klar!, sage ich. Coole Idee. Also gebe ich ihr meine Nummer, und sie gibt mir ihre, und sie steckt sich den Zettel in den BH, und das gefällt mir, also mach ich's ihr nach.

21

»Tja, Buttercup, du bist mein Löwe, stimmt's?«, sage ich, streichle den Schaltknüppel und denke dabei an die Tätowierung der Frau. »Vielleicht hätte ich dich Löwe nennen sollen.« Ich schalte einen Gang runter, um den Motor brüllen zu hören. Buttercup, so hat meine Mutter mich immer genannt, hab ich dir das jemals erzählt? Und jetzt bin ich doppelt so alt wie meine Mutter, als sie starb. Aber wir beide sind zusammen in Würde gealtert, stimmt's, Buttercup? Du wirktest ein wenig extravagant, als ich dich damals gekauft habe, aber inzwischen sind wir kaum noch voneinander zu unterscheiden, was? Du bist aber immer noch nicht alt, im Gegensatz zu mir. Aber irgendwann demnächst, wenn's nur noch fahrerlose Autos gibt, wirst sogar du steinalt sein. Was sagst du dazu? Frei, endlich frei?

Und jetzt, Buttercup, wo soll's hingehen? Fahren wir jetzt in den Sonnenuntergang oder zurück zu Mr Reggie? Ich darf vielleicht bald nicht mehr Auto fahren, weißt du. Sagt zumindest das Kraftfahrzeugamt. Wie wäre das für dich, einen anderen Besitzer zu haben? Reggie ist bestimmt ein besserer Autofahrer als ich.

Auf jeden Fall kann er besser sehen. Der fährt dir bestimmt beim Einparken keine Kratzer in die Felgen. Was meinst du? Meinst du, er sitzt da draußen auf seiner kleinen Bank? Der würde sich wundern, wenn wir plötzlich aufkreuzen würden.

»Vermissen Sie den Laden hier etwa jetzt schon?«, wird er fragen.

»Nein«, würde ich erwidern. »Aber Sie vermisse ich. Und Pearl. Und Bella. Aber vor allem Sie.« Dann erzähle ich ihm vielleicht, dass ich von ihm geträumt habe. Ich werde ihm erzählen, dass wir vor dem Ferry Building Bossa Nova getanzt und auf dem Farmer's Market Frog-Hollow-Pfirsiche und Early-Girl-Tomaten gekostet hätten. Dass er uns allen ein Eis in einer Papierserviette spendiert hätte und dass wir in der Nachmittagssonne am Wasser gesessen und unsere Leckerei gegessen hätten. Ich leckte mir die schmelzenden Tropfen Honiglavendel und Salzkaramel von den Fingern, und Pearl drehte probehalber ihre Waffel auf den Kopf, und ihr Himbeereis fiel zu Boden und sie knabberte fröhlich an ihrer restlichen Waffel. Dann würde ich ihm erzählen, dass wir in meinem Traum plötzlich in einer anderen Stadt gewesen wären, in Lagos, mit dir zusammen, Buttercup. Wir wären mit Toussaint zum ersten Mal im Mutterland gewesen. Wir kamen vom Flughafen und hatten uns auf dem

Weg zu meinem Cousin Remi verfahren. Ich fuhr die ganze Zeit im Kreis herum und hatte keine Ahnung, wo ich war, bis jemand zu mir ins Fenster reinschaute und sagte, ich sei erblindet. Aber ich werde doch nicht blind, oder, Buttercup? »Komm, Baby, die Ampel schaffen wir!« Ich schalte runter in den dritten und höre dich brüllen. »Gut gemacht, mein kleiner Löwe!«, sage ich lächelnd und werfe einen Blick in den Rückspiegel, um zu sehen, wie viele Autos wir abgehängt haben. »Eins, zwei, drei, vier!«, sage ich lachend. Das wird eine großartige Fahrt werden. Ich spür's einfach. »Los, Buttercup, die nächste Ampel nehmen wir auch noch mit! Lass uns die Schnecke hier überholen. Komm, Baby, zeig mir, was du draufhast!« Ich spiele mit dem Gaspedal, richte mich auf, und brüllend schießen wir davon.